노빈손의 남극 어드벤처

노빈손의 남극 어드벤처

초판 1쇄 펴냄 2003년 2월 25일
초판 20쇄 펴냄 2016년 8월 20일

지은이 박경수
일러스트 이우일
펴낸이 고영은 박미숙

펴낸곳 뜨인돌출판(주) ｜ 출판등록 1994.10.11(제406-2011-000185호)
주소 10881 경기도 파주시 회동길 337-9
홈페이지 www.ddstone.com ｜ 노빈손 www.nobinson.com
대표전화 02-337-5252 ｜ 팩스 031-947-5868

ⓒ 2003, 박경수 이우일

'노빈손'은 뜨인돌출판(주)의 등록상표입니다.
ISBN 978-89-5807-189-1 03810
(CIP제어번호 : CIP2010001020)

어린이제품안전특별법에 의한 제품표시	
제조자명 뜨인돌 **제조국명** 대한민국 **사용연령** 10세 이상 어린이 청소년 제품	**전화번호** 02-337-5252 **주소** 경기도 파주시 회동길 337-9

노빈손의 남극 어드벤처

뜨인돌

　　노빈손이 드디어 남극에 갔다. 하얗게 얼어붙은 지구 남쪽의 거대한 대륙. 엄청난 추위와 까마득한 빙산과 무시무시한 눈보라가 그를 기다린다. 모험을 즐기는 노빈손으로서는 절대 건너뛸 수 없는, 신비함과 오싹함으로 가득 찬 미지의 땅이 바로 남극이다.

　　고대 그리스의 철학자 파르메니데스가 "지구 남쪽에 몹시 추운 거대한 땅덩이가 있다"고 예언한 지 어언 2천5백여 년. 그러나 남극은 겨우 200여 년 전에야 비로소 인간들에게 제 모습을 드러냈다. 신대륙에 드리워진 베일을 벗겨내는 건 당연히 용감한 탐험가들의 몫. 그들의 치열한 도전이 이어지던 19세기말에서 20세기초까지의 30여 년을 사람들은 '영웅 시대'라고 부른다.

　　노빈손은 바로 그 시대의 주역이었던 세 명의 영웅들을 만난다. 사상 처음으로 남극점에 깃발을 꽂은 위대한 탐험가 아문센, 간발의 차이로 경쟁에서 패배한 비운의 탐험가 스코트, 그리고 성공 못지않게 실패도 위대할 수 있음을 보여준 집념의 탐험가 섀클턴. 그들의 아슬아슬하고 감동적인 모험담이 노빈손을 통해 독자들에게 생생하게 재현될 것이다.

　　영웅 시대 이후 남극은 과학의 경연장으로 바뀌었다. 지금 남극에서는 세계 각국의 과학자들이 37개의 기지에 머무르며 밤낮으로 연구에

몰두하고 있는 중이다. 바다, 대기, 지질, 생태, 환경, 그리고 우주과학과 천문학. 거의 모든 분야의 과학자들이 총동원된 그 소리 없는 경쟁의 한복판엔 우리 나라의 세종 기지도 당당하게 포함되어 있다.

남극은 또한 지구 환경의 마지막 보루이기도 하다. 멸종 위기에 몰린 동물들, 구멍 뚫린 오존층, 녹아 내리는 빙산 등은 인간의 무모한 행동이 얼마나 치명적인 재앙을 불러오는지를 생생하게 보여준다. 앞으로 펼쳐질 인류의 미래는 남극에서의 다양한 연구 성과에 따라, 그리고 남극이 얼마나 깨끗하게 유지되는가에 따라 결정될 것이다.

노빈손은 영웅 시대에 남극에 도착하여 과학 시대에 남극을 떠난다. 100여 년의 시간을 넘나들며 펼쳐지는 그의 모험담이 독자들에게 남극의 참모습을 보여주는 좋은 기회가 되길 바란다. 그리고 머지않은 미래에 여러분들 중 누군가가 제2의 노빈손이 되어 남극을 무대로 멋진 꿈을 펼치길 바란다. 남극엔 아직도 인간의 발길이 닿지 않은 하얗고 깨끗한 공간이 무궁무진하게 남아 있다.

2003년 2월 15일
신촌에서

차례

I

2

3

헉! 여기는 또 어디냐
나는 조선의 독립운동가
세기의 대결! 아문센 대 스코트
남극점을 향하여
신비한 햇무리와 황홀한 오로라
공포의 함정! 크레바스
아아! 여기가 바로 남극점이다
말썽꾸러기 시계

4

한 발 늦은 스코트
스코트의 뒤늦은 후회
죽음의 귀환길
스코트의 장렬한 최후
눈보라 속으로

5

햇살 아래서 눈을 뜨다
가자! 해를 따라 서쪽으로
산꼭대기에서 치솟는 얼음기둥
남극의 사막! 드라이 밸리
이상한 호수
얼음 위에 남은 공룡의 흔적
아찔한 화이트 아웃!
크레바스 속에서 돌아간 시계

6

아아! 저 깃발은
남극 속의 한국! 세종 기지
여기는 대한민국의 하늘입니다

무인도에 추락한 뒤 로빈슨 유령의 도움으로
생존에 성공한 노빈손은

갖은 고생 끝에 마침내
뗏목을 만들어 탈출에 성공한다.

또다시 비행기 사고를 당한 노빈손은
아마존 정글에 추락하고

여인왕국의 부활을 둘러싼 신탁의
수수께끼를 풀기 위한 모험에 나선다.

정글을 망가뜨리는 악당들과의

숨막히는 대결 끝에 모든 비밀을 밝혀내고

집으로 가던 도중 이번엔 버뮤다

삼각해역에서 배가 뒤집혀 버린다.

아틀란티스의 후손인 수중인간들의

놀라운 사연을 들은 노빈손은

포세이돈의 신탁을 해결하여 그들에게

영원한 평화를 가져다준다.

1

힘겨운 작별

스르르—.

천천히 가라앉던 잠수정이 마침내 바다 속으로 완전히 모습을 감췄다.

노빈손은 서운하면서도 한편으로는 홀가분한 마음으로 빈 바다를 쳐다보았다. 거울처럼 맑고 잔잔한 물 위로 동그라미들이 조용히 퍼져 나가고 있었다.

'휴, 드디어 이번 모험도 끝이 났구나.'

노빈손은 모아이에 기댄 채 가만히 눈을 감았다. 그동안 겪은 만화 같은 일들이 주르륵 머리를 스치고 지나갔다. 공포의 버뮤다 해역과 신비의 라파누이 섬, 비운의 아틀란티

스 제국, 그리고……

"윽!!"

비명과 함께 노빈손의 눈이 번쩍 떠졌다. 그리운 얼굴들 사이로 날라리야의 넓적한 얼굴이 불쑥 떠올랐던 것이다.

으으─. 노빈손의 몸이 한겨울에 야외에서 쉬를 했을 때처럼 부르르 떨리기 시작했다.

"발칙한 것! 뭐? 둘이서 알 낳고 오순도순 살자구? 게다가 고집은 또 왜 그렇게 센지."

노빈손은 지난 며칠간의 힘겨운 실랑이를 떠올리며 고개를 설레설레 저었다. 울며불며 매달리는 날라리야를 떼어 놓는 게 포세이돈의 신탁을 푸는 일보다도 훨씬 힘들었던 것이다. 아무리 어르고 달래도 한 번 터진 날라리야의 울음보는 도무지 닫힐 기미를 보이지 않았다.

난처해진 노빈손은 결국 최후의 수단을 동원했다. 엉엉 우는 상대 앞에서 피식피식 웃어대기. 그리하여 상대가 제풀에 지치도록 만들기. 이름하여 '김빼기 작전'이었다. 잠시라도 웃음을 멈추지 않기 위해 노빈손은 평소에 알고 있던 온갖 우스운 얘기들을 끊임없이 머리 속에 떠올려야 했다.

"죽어도 못 헤어져요, 흑흑─."

빙그레─.

"왜 웃어요? 으아앙─."

히죽히죽—.

"정말 너무해요. 꺼이꺼이—."

키득키득—.

이 괴상하고 엽기적인 대결은 꼬박 이틀이 지난 뒤에야 비로소 막을 내렸다. 3일째 아침이 되자 날라리야가 누렇게 뜬 얼굴로 힘없이 항복 선언을 했던 것이다. 배가 고파서 도저히 더 이상은 못 울겠다는 게 항복의 이유였다.

사랑을 포기하고 밥을 선택한 날라리야는 그동안 굶은 여섯 끼 분량의 음식을 10분 만에 깨끗이 먹어치웠다. 그리고는 눈물을 글썽거리며 끊임없이 신음을 내뱉었다.

끄으— 끄으으—.

노빈손과의 이별이 슬퍼서 그런 게 아니라 배가 너무 불러서 숨쉬기가 거북한 탓이었다.

"어쩌면 그렇게 말숙이랑 똑같을까? 얼굴도 그렇고, 성격도 그렇고, 공룡 같은 먹성도 그렇고. 아냐, 그래도 말숙이보다는 낫지. 말숙이는 뭐든 먹기만 하면 최소한 30번씩은 방귀를 뀌는데 날라리야는 아직 한 번도…… 오잉?"

갑자기 노빈손의 눈이 휘둥그레졌다. 바다 밑에서 작은 물방울들이 사이다 거품처럼 뽀골뽀골 올라오고 있었던 것이다. 노랗게 질린 물고기들이 황급히 떠오르더니 일제히 물 밖으로 주둥이를 내밀고 필사적으로 뻐끔거렸다. 누군가 물 밑에서 독가스를 펑펑 뿜어대고 있는 모양이었다.

수상쩍은 시계

이제 꿈에도 그리던 집으로 돌아가야 할 시간. 하지만 노빈손의 얼굴은 그리 밝지 않았다. 드넓은 태평양을 건너 한국으로 돌아갈 일이 너무나 막막했던 것이다.

"끄응, 뭐 좋은 방법이 없을까?"

육지로 나가는 방법은 오직 하나, 비행기를 타는 것뿐이다. 하지만 돈도 없고 여권도 없고 생긴 것마저 수상쩍은 노빈손을 공항 직원들이 순순히 통과시켜 줄 리 없다. 게다가 비행기는 절대로 안 타겠다고 굳게 맹세하지 않았던가!

"쳇, 쏘가리 같은 녀석. 좀 태워주면 어때서."

노빈손은 싸우리우스가 못내 원망스러웠다. 잠수정으로 제주도나 울릉도까지 좀 데려다 주면 어디가 덧나기라도 한단 말인가. 아무리 동족이 그리워도 그렇지, 치사하게 이 외딴 섬에 나만 혼자 남겨두고 훌쩍 가버리다니.

"대체 이까짓 고물 시계는 뭐 하라고 준 거야?"

노빈손은 제 가슴에 매달려 있는 목걸이 시계를 힐끗 내려다보았다. 조금 전에 싸우리우스가 엄청 친한 척하며 이별 선물로 건넨 것이었다.

하지만 말이 시계일 뿐이지 실제로는 아무짝에도 쓸모가 없는 녹슨 폐품에 불과했다. 눈금도 없고 숫자도 없고 바늘도 달랑 하나밖에 없었던 것이다. 그나마도 반나절이 지나도록 전혀 움직이지 않고 계속 똑같은 자리에 머물러 있는 중이었다.

"천하의 사기꾼 같으니라구. 말이나 못하면 얄밉지나 않지."

이 시계가 널 원하는 곳으로 데려다 줄 거야……라고 싸우리우스는 말했다. 노빈손이 코웃음을 치자 녀석은 위대한 아틀란티스의 과학을 무시한다며 화를 버럭버럭 냈다. 얼마나 기세등등하던지 노빈손은 얼떨결에 그만 녀석의 말

남극 탐험사 ④ 최초의 상륙
1895년, 노르웨이의 고래잡이배 선장 헨리크 불이 남극 대륙 동남쪽의 '빅토리아 랜드'에 있는 '아다레 곶'에 닻을 내린다. 대륙의 끄트머리인 남극 반도에 상륙한 사람들은 그전에도 더러 있었지만 '대륙의 몸통'에 직접 상륙한 건 이번이 처음. 그의 상륙은 인류의 본격적인 남극 탐험을 알리는 신호탄이 되었고, 이때부터 1922년까지 약 30년간을 흔히 '영웅의 시대'라고 부른다.

을 믿어버렸다. 목걸이 시계 속에 정말로 뭔가 신비한 힘이 숨어 있을지도 모른다고 생각했던 것이다.

그러나 뽕나무밭이 바다로 변할 수는 있어도 고물이 보물로 바뀔 수는 없는 법. 집으로 보내달라고 수백 번씩 기도를 했건만 시계는 바늘 끝 하나 까딱하는 기색이 없었다. 알라딘의 램프를 떠올리며 정성스레 쓰다듬어봐도 거인이 등장하기는커녕 시커먼 녹만 잔뜩 묻어날 뿐이었다.

"에휴, 내가 바보지. 그런 허무맹랑한 얘길 곧이듣다니!"

노빈손은 한숨을 내쉬며 머나먼 수평선을 쳐다보았다. 어느 새 해가 바다 속으로 뉘엿뉘엿 가라앉고 있었다. 하루 종일 엉터리 시계와 씨름한 탓인지 아직 초저녁인데도 정신이 몽롱해지며 때이른 졸음이 쏟아지기 시작했다.

"에라, 모르겠다. 일단 자고 일어나서 다시 생각해보지 뭐."

노빈손은 풀밭에 길게 드러누운 채 가슴 위로 두 손을 모았다. 말귀 못 알아듣는 시계한테 소원을 비느니 차라리 엄마가 평소에 깍듯이 섬기는 산신령에게 매달려 보자는 생각이었다. 어쩌면 그 신령님이 엄마 얼굴을 봐서라도 내 소원을 들어줄지 모르잖아?

"신령님, 부디 세상에서 가장 멋지고 아름답고 튼튼한 배를 저에게 보내 주세요. 그리고 기왕이면 세상에서 제일 유능한 선장도…… 음냐."

점점 작아지던 노빈손의 목소리가 뚝 하고 멈췄다. 이어서 고물 오토바이에 시동을 거는 듯한 요란한 소리가 라파누이의 바닷가를 뒤흔들기 시작했다.

드르렁— 드르르릉— 크르르르릉—.

바로 그 때! 코 고는 소리 틈새로 뭔가 다른 소리 하나가 가만히 새어나왔다. 장난감 인형의 태엽을 감는 듯한 작고 미세한 소리였다.

끼리릭—.

끼리리릭—.

영원히 움직이지 않을 것 같던 녹슨 시계바늘이 거짓말처럼 스르르 움직이고 있었다.

낯선 곳에서의 아침

새벽. 심한 갈증을 느끼며 노빈손은 잠에서 깨었다. 샘물처럼 흘러나온 침으로 입 주위가 온통 흥건했다. 밤새 그런 식으로 엄청난 수분을 낭비하니 당연히 새벽녘에 목이 마를 수밖에!

"아깝다. 자기 전에 컵이라도 하나 받쳐놓는 건데."

꿀이라도 핥는 것처럼 혀를 낼름거리며 입가의 침을

남극 탐험사 ⑤ 아문센의 첫 탐험

1896년, 대규모 남극 탐험을 준비중이던 벨기에의 해군 장교 겔라쉬에게 편지 한 통이 전해졌다. '나도 따라갈래요. 월급은 안 줘도 됩니다' 라는 그 당돌한 편지의 주인공은 이제 겨우 24세이던 노르웨이의 청년 항해사 아문센. 겔라쉬는 이 배짱 좋은 애송이를 탐험선 '벨지카 호'의 이등 항해사로 채용한다. 훗날 인류 최초로 남극점을 정복한 아문센의 첫 남극 탐험은 이렇게 해서 이루어졌다.

닦던 노빈손의 눈이 문득 감기 걸린 붕어처럼 흐리멍덩해졌다.

"어라?"

이상한 일이었다. 어제 저녁까지만 해도 풀밭이었던 땅바닥에 뜻밖에도 너덜너덜한 이부자리가 깔려 있었던 것이다. 노빈손은 이곳이 바닷가가 아니라 누군가의 방 안임을 그제서야 깨달았다. 시금털털한 악취가 실내에 가득한 걸로 봐서 방 주인은 엄청 지저분한 인간임이 분명했다.

"어으, 꼬랑내. 대체 여기가 어디야? 누가 날 이리로 데려온 거야?"

코를 감싸쥐고 투덜거리던 노빈손은 또 하나 이상한 사실을 발견했다. 진동! 방 전체가 마치 물 위에 떠 있는 것처럼 천천히 위아래로 출렁거리고 있었던 것이다.

땅이 아니라 물 위에 있는 방. 그렇다면 여긴? 틀림없어. 여긴 배에 딸려 있는 선실이야. 그런데 왜 내가 이런 곳에 와 있는 거지?

혹시 잠든 사이에 싸우리우스가 되돌아와서 날 잠수정에 태운 걸까? 아니지, 그 쏘가리 같은 녀석이 그랬을 리가 없어. 그럼 대체 누구지? 유괴범? 테러리스트? 혹시, 오사마 빈 라덴?

노빈손은 열심히 머리를 굴리며 한편으로는 열심히 눈동자를 굴렸다. 눈이 차츰 어둠에 익숙해지면서 방 안 풍경이

어렴풋이 윤곽을 드러내기 시작했다. 간이침대, 선반, 테이블, 그리고 어지러이 널려 있는 옷가지와 술병들……

쿵쾅거리는 발소리가 들려오기 시작한 건 바로 그때였다.

벌컥―.

문이 열리며 환한 빛줄기가 방 안으로 왈칵 몰려들었다.

"악!"

"어엇!!"

두 사람의 비명이 동시에 터져 나왔다. 한 명은 노빈손, 또 한 명은 방문을 열고 들어오던 우락부락한 사내였다. 온몸에 숯검정을 묻히고 머리엔 희뿌연 재를 뒤집어쓴 털북숭이 사내. 입을 떡 벌리고 두 눈을 세숫대야처럼 부릅뜬 모습이 마치 달걀귀신이라도 마주친 듯한 표정이었다.

"누, 누구세요?"

노빈손이 뒤로 주춤주춤 물러앉으며 물었다.

"그, 그러는 너는 누구냐?"

"내가 먼저 물었잖아요."

"요런 버릇없는 애송이를 봤나. 찬물도 위아래가 있는 법인데."

"그러니까 윗사람이 먼저 대답해야죠."

"그런가?"

사내가 멍한 표정으로 눈동자를 이리저리 굴렸다. 그리

고는 뭔가 미심쩍은 표정으로 고개를 갸웃거리며 말했다.

"나는 이 배의 화부(불 때는 사람) 불로피세다."

푸핫! 불 높이세? 흐흐흐, 이름 한번 딱이네…… 피식 웃는 노빈손.

"난 코리아에서 온 노빈손이에요."

"코리아? 그게 어디 붙은 동네야? 그리고 왜 내 방에 숨어 있는 거지?"

"나도 몰라요. 어젯밤까지는 라파누이에 있었는데……."

"말도 안 되는 소리! 이 배는 그 섬 근처에도 간 적이 없는데."

"하지만 난 분명히……."

"이거 아주 수상한 놈일세. 이제 보니 너……."

불로피세가 눈을 부라리며 말했다.

"밀항자로구나. 맞지?"

그러더니만 노빈손이 미처 대답도 하기 전에 다시 고개를 저으며 중얼거렸다.

"아니지. 세상에 어떤 얼빠진 놈이 남극으로 밀항을 하겠어?"

윽! 노빈손은 제 귀를 의심했다. 에이, 설마? 내가 잘못 들은 거겠지.

"지금 뭐라고 그랬어요? 이 배가 어디로 간다구요?"

"귀머거리냐? 남극이라고 했잖아."

쿵!!

하느님 맙소사!

남극이라니!

이 넓고 넓은 지구에서 하필이면 남극이라니!

노빈손의 얼굴이 남극의 빙산처럼 새하얗게 얼어붙었다.

남극 탐험사 ⑨ 스코트의 야망
수리를 마치고 다시 길을 떠난 디스커버리 호는 1902년 1월에 남극 대륙 동남쪽의 빅토리아 랜드를 거쳐 2월에 드넓은 얼음벌판이 펼쳐진 로스 빙붕의 '고래만'에 정박했다. 이곳에 기지를 짓고 겨울을 보낸 다음 여름에 남극점을 정복한다는 게 스코트의 야심찬 계획. 대원들은 남극의 봄이 시작되는 9월까지 반년 동안 기지에 머무르며 사상 첫 남극점 정복의 원대한 꿈을 키웠다.

노빈손의 새로운 모험이 펼쳐질 신비의 땅 남극. 그 얼음 세상은 어디에 있으며 얼마나 추울까? 그리고 그곳의 임자는 누구일까? 책을 읽기 전에 일단 남극에 대한 기초 상식을 쌓고 넘어가자.

남극이 대체 어디야?

남극은 말 그대로 지구의 남쪽 끝이다. 그런데 정확히 어디서부터 어디까지가 남극일까? 얼음이나 바다 위에 금을 그어놓을 수는 없는 일. 남극의 범위에 대해서는 서로 약간씩 다른 세 가지의 기준이 있다.

① 남위 60도

세계의 여러 나라들이 함께 맺은 〈남극 조약〉에서는 남위 60도 남쪽 지역을 남극이라고 부른다. 여기엔 남극 대륙과 섬들, 그리고 주변의 바다가 포함된다. 대륙 한복판을 세로로 가로지르는 '그리니치 자오선(경도 0도)'을 기준으로 동쪽은 동남극이고 서쪽은 서남극이다.

② 남극 수렴선

생물학자들은 '남극 수렴선'을 기준으로 삼는다. 남극 대륙 주변에는 찬 바닷물과 따뜻한 바닷물이 서로 섞이지 않은 채 따로 흐르고 있는데, 그 경계선이 바로 남극 수렴선이다. 남극 수렴선은 남위 54~62도에 걸쳐 꾸불꾸불하게 이어지며, 이 선의 안쪽과 바깥쪽은 수온 차이가 크기 때문에 살고 있는 생물들의 종류도 전혀 다르다.

③ 남극권

천문학자들은 남위 66.5도를 기준으로 그 남쪽을 '남극권'이라고 부른다. 남극에서는 몇 달씩 낮이 계속되거나 밤이 계속될 때가 있는데, 그런 현상이 나타나는 지역과 안 나타나는 지역을 가르는 선이 바로 남위 66.5도대(북극 역시 마찬가지. 북위 66.5도 위쪽이 북극권이다).

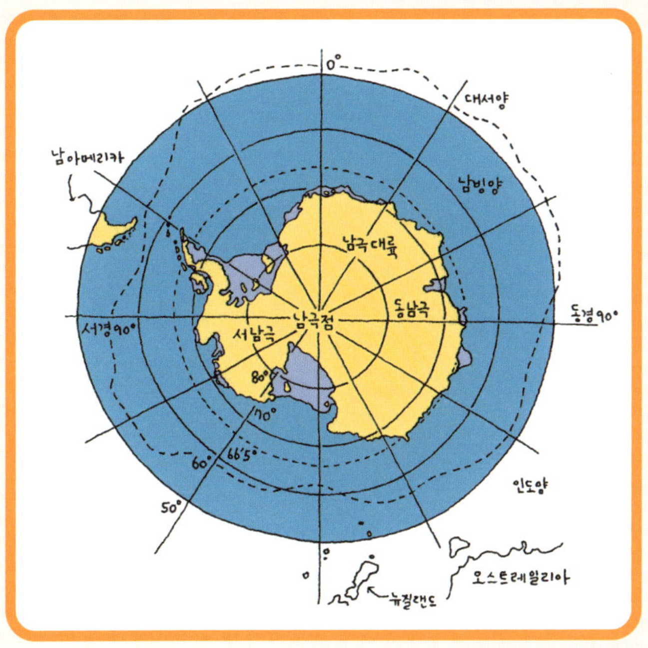

북극과는 뭐가 다르지?

남극과 북극은 둘 다 극지지만 다른 점도 많다. 제일 큰 차이는 북극이 유라시아 대륙과 북아메리카 대륙으로 둘러싸인 바다(북극해)인데 비해 남극엔 거대한 대륙이 있다는 점. 남극 대륙의 면적은 1360만km²로 한반도의 약 60배에 이른다.

그린랜드를 비롯한 북극해의 섬에는 옛날부터 원주민(에스키모)들이 살았지만 남극엔 원주민이 살지 않는다. 또 북극곰은 있지만 남극곰은 없고, 남극 펭귄은 있지만 북극 펭귄은 없다. 북극에도 있고 남극에도 있는 대표적인 생물은 다름 아닌 고래다.

그럼 어디가 더 추울까? 물론 남극이 더 춥다. 남극 대륙을 뒤덮은 얼음이 태양에너지의 90%를 도로 반사해버리기 때문이다. 이와 달리 북극에선 바다가 태양열의 일부를 흡수하기 때문에 남극보다는 날씨가 한결 따뜻(?)하다.

남극이 얼마나 춥길래?

극지가 다른 곳보다 추운 이유는 해가 낮게 뜨기 때문이다. 즉, 지표면과 태양 사이의 각도가 작기 때문이다. 태양의 고도는 적도(위도 0도)에서 제일 높고, 위도가 높아질수록 조금씩 낮아진다. 남극점(남위 90도)과 북극점(북위 90도)에서 태양의 고도는 하지 때도 겨우 23.4도에 불과하다. 태양 고도가 낮으면 전달되는 햇빛의 양이 적기 때문에 날씨도 그만큼 추워질 수밖에 없다.

남극의 연평균 기온은 -23℃. 우리 나라 중부지방이 연평균 10℃ 안팎인 것과 비교하면 정말로 엄청난 추위다. 그나마 여름까지 다 합친 것의 평균이 그 정도고, 겨울이 되면 남극 대륙 안쪽의 고원지대는 자그마치 -70℃를 오르내린다. 지금까지 남극에서 관측된 가장 낮은 온도는 -89.6℃다.

그렇다면 남극 중에서도 제일 남쪽인 남극점은 얼마나 추울까? 그곳의 연평균 기온은 남극 전체 평균보다 훨씬 더 낮은 -49.4℃. 한마디로 말해서 사람 살 데가 전혀 못 된다.

낮과 밤이 길어지는 이유는?

지구는 하루에 한 바퀴씩 회전하면서(자전) 태양 주위를 맴돈다(공전). 지구의 자전 때문에 낮과 밤이 생기고 지구의 공전 때문에 사계절이 생긴다.

그런데 지구의 회전축은 비스듬하게 옆으로 기울어져 있다. 그러다 보니 남극과 북극에선 여름이 되면 밤에도 해가 지지 않고, 겨울이 되면 낮에도 해가 뜨지 않는다. 남극권(남위 66.5도 아래쪽)과 북극권(북위 66.5도 위쪽)에서만 나타나는 현상이다.

같은 남극권이라도 위치에 따라서 조금씩 차이가 난다. 남위 70도에서는 11월 중순~1월 하순까지 두 달간 낮이 계속되고, 5월 하순~7월 중순까지 두 달간은 밤이 계속된다. 하지만 더 남쪽인 남위 80도에서는 1년 중 넉 달이 낮이고 넉 달은 밤이다. 그리고 남위 90도인 남극점에서는 아예 6개월이 낮이고 6개월은 밤이다.

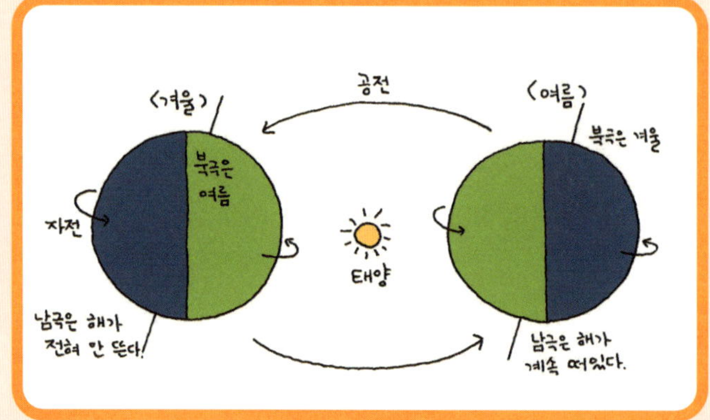

남극의 임자는 누구?

북극의 섬들엔 다 주인이 있지만 남극 대륙엔 임자가 없다. 아니, 정확히 말하면 임자가 너무 많다. 너무 많은 나라들이 서로 자기네 땅이라고 우기고 있기 때문이다.

남극 영유권을 제일 먼저 주장한 나라는 영국. 그들은 1908년에 서남극 일부가 영국 영토라고 주장했다. 그러자 다른 나라들도 덩달아 나서서 1940년대엔 영국, 프랑스, 칠레, 아르헨티나, 뉴질랜드, 노르웨이, 오스트레일리아 등이 제각기 "여기부터 여기까지는 우리 땅"이라고 주장하기에 이른다. 그 근거도 다양하다. 우리가 먼저 발견했다, 혹은 우리가 더 가깝다 등등.

1959년에 미국, 영국, 러시아, 일본 등 12개국이 맺은 〈남극 조약〉은 더 이상 아무 나라도 남극 영유권을 주장하지 못하도록 못 박아 놓았다. 하지만 그 전까지의 입씨름에 대해서는 별 말이 없었기 때문에, 남극 대륙은 지금도 주인이 누구인지 확실하지 않은 어정쩡한 상태로 그냥 남아 있다.

사라져버린 시간

"그러니까, 지금 이 배에 남극 횡단 탐험대가 타고 있다는 건가요?"

"그렇지."

"일단 남극 대륙의 한쪽 해안에 상륙한 다음 썰매를 타고 대륙을 가로질러 반대쪽 해안으로 간다 이거죠?"

"바로 그거야. 생긴 거랑 다르게 말귀 하나는 잘 알아듣는구나."

"하지만 왜 그런 쓸데없는 짓을 하는 거죠?"

"뭐? 쓸데없는 짓?"

불로피세가 발끈하며 사납게 눈을 부라렸다. 이크! 노빈손은 잽싸게 뒤로 물러나며 파리 잡듯 두 손을 휘휘 내저었다.

"아니, 내 말은……. 왜 그런 케케묵은 탐험을 하느냐는 거예요. 그런 건 남들이 옛날에 다 했잖아요."

"뭐? 남들이 벌써 했다구? 푸하하—. 너 지금 제정신이냐?"

껄껄 웃는 불로피세의 입에서 소나기처럼 파편이 쏟아졌다. 앗 차거! 노빈손이 허겁지겁 뒤로 물러서며 의아한 얼굴로 되물었다.

"왜 웃어요? 썰매 탐험은 옛날 아문센 시절에나 유행하

남극 탐험사 ⑩ 실패로 끝난 첫 도전

1902년 11월, 스코트와 섀클턴 그리고 스코트의 친구인 생물학자 윌슨 등 세 명이 드디어 남극점을 향한 첫 도전에 나선다. 이들은 당시의 최고 기록이던 남위 79도를 가뿐히 돌파하여 12월말엔 남위 82도 17분까지 내려갔지만 거기가 한계였다. 추위와 질병으로 인해 도저히 더 이상은 전진할 수가 없었던 것. 스코트는 결국 후퇴를 결정했고, 인류 최초의 남극점 정복은 아쉬운 실패로 끝나버렸다.

벨지카 호 탐험을 마치고 돌아온 아문센은 1903년에 '예아 호'를 이끌고 이번엔 북극으로 떠났다. 유럽에서 북서쪽으로 북미 대륙 꼭대기를 돌아 태평양에 이르는 '북서 항로'를 개척하는 것이 그의 목표. 에스키모들로부터 많은 가르침을 받아가며 도전을 거듭한 그는 2년 뒤인 1905년 8월에 마침내 목표를 이루었다. 16세기 이후 3백년간 뱃사람들의 꿈이었던 북서 항로를 드디어 찾아냈던 것이다.

던 거잖아요. 벌써 100년이 다 돼 가는데."

"이 녀석아. 지금 무슨 잠꼬대 같은 소릴 하는 거야? 아문센이 세계 최초로 남극점을 정복한 게 겨우 3년 전의 일인데."

"엥? 그럴 리가?"

3년 전이라니? 내가 봤던 만화에선 아문센의 탐험이 분명히 100여 년 전인 20세기 초반이었는데?

노빈손은 멍한 표정으로 불로피세를 쳐다보았다. 그러고 보니 확실히 뭔가 이상하긴 이상했다. 주변의 물건들이나 불로피세의 옷차림 등이 하나같이 옛날 분위기를 풍기고 있었던 것이다. 마치 흑백 서부영화에 나오는 장면들처럼.

"그럼 대체……."

노빈손이 뭔가에 홀린 듯한 표정으로 물었다.

"지금이 몇 년도라는 거예요?"

"이런 꺼벙한 녀석. 그런 것도 모르다니. 넌 달력도 안 보냐?"

불로피세가 한심하다는 듯 혀를 차며 손가락으로 한쪽 벽을 가리켰다. 큼지막한 달력 하나가 벽면을 절반 가량 차지한 채 삐딱하게 걸려 있었다. 노빈손은 왠지 가슴이 벌렁거리는 것을 느끼며 조심스레 그쪽으로 고개를 돌렸다.

"허거걱!!"

노빈손의 눈이 부엉이처럼 커지고 입이 하마처럼 떡 벌

어졌다. 머리카락들이 마치 철사처럼 뻣뻣하게 하늘로 곤두서고 있었다.

달력 맨 위에 또렷하게 적힌 네 개의 숫자.

1! 9! 1! 4!

세상에나! 지금은 2003년이 아니라 1914년이었던 것이다.

거꾸로 움직인 시계바늘

벌써 30분째였다. 노빈손이 달력 앞에서 나무토막처럼 뻣뻣하게 굳어버린 지가…….

불로피세가 어깨를 흔들고 팔을 잡아끌고 나중엔 간지럼까지 태워봤지만 노빈손은 여전히 꿈쩍도 하지 않았다.

대체 어떻게 이런 일이 일어났을까? 만화에서나 보던 타임머신이 정말로 존재한단 말인가? 하지만 난 타임머신은 커녕 고장난 자전거조차 올라탄 적이 없는데? 혹시 저 달력 가짜 아냐? 지금 누가 날 놀래키려고 괜히 장난치고 있는 거 아냐? 하지만 누가? 무슨 이유로?

"이 녀석아, 제발 좀 움직여 봐. 넌 발도 안 저리니?"

답답해진 불로피세가 고릴라처럼 가슴을 쾅쾅 두들겼다. 혹시 노빈손이 무슨 몹쓸 병이라도 걸린 건 아닌지 엄청 걱

정스러운 모양이었다. 세상에 아무리 희귀한 병이 많다지만 설마하니 달력을 보고 몸이 마비되는 괴상한 질병이 있을 줄이야.

"너 혹시……."

불로피세가 슬며시 물었다.

"이 배가 빙산에 부딪쳐 침몰이라도 할까 봐 겁이 나서 그러니?"

"……."

"걱정 마. 이 배는 세상에서 제일 멋지고 아름답고 튼튼하니까."

노빈손의 눈썹이 순간적으로 꿈틀했다. 저거 어디서 많이 듣던 말인데?

"그뿐이 아냐. 세상에서 제일 유능한 선장이 항해를 책임지고 있다구. 그러니까……."

"잠깐!"

노빈손이 버럭 소리를 지르며 불로피세의 말을 잘랐다. 파파팟―. 놀라운 깨달음 하나가 번개처럼 머리를 스치며 지나갔던 것이다.

세상에서 제일 멋지고 아름답고 튼튼한 배! 그리고 세상에서 제일 유능한 선장! 그건 바로……. 어젯밤 잠들기 전에 중얼거렸던 기도의 내용이 아니었던가. 그렇다면?

"설마 시계가?"

노빈손은 혹시나 하는 표정으로 가슴에 매달린 시계를 내려다보았다. 그리고는 흠칫 놀라며 시계를 눈앞으로 바싹 들어올렸다. 이럴 수가! 바늘이 어제보다 약간 왼쪽으로 돌아가 있는 게 아닌가. 비록 움직인 거리는 아주 짧았지만 틀림없이 어제와는 다른 위치였다. 대체 이게 언제 이렇게 움직인 거지?

노빈손은 눈을 감고 가만히 생각에 잠겼다. 머리 속으로 뭔가 아주 중요한 사실이 떠오를락말락하고 있었다.

남극 탐험사 ⑭ 아문센 대 스코트

아문센은 1910년에 '프람호'를 타고 다시 남극으로 향했다. 북서 항로 개척에 성공한 뒤 아문센이 세웠던 목표는 원래 북극점 정복. 하지만 1909년에 미국의 탐험가 피어리가 북극점을 먼저 정복하는 바람에 목표가 남극점으로 바뀌었고, 스코트 역시 그 무렵에 남극점을 향한 2차 도전을 준비하고 있었다. 그리하여 1911년 말, 남극의 두 영웅이 남극점을 먼저 정복하기 위한 숙명의 대결을 펼치게 된다.

섀클턴 대장과의 만남

"그랬구나. 바로 그거였어!"

한동안 생각에 잠겨 있던 노빈손이 가만히 고개를 끄덕였다. 시계 반대방향으로 움직인 바늘. 그리고 과거로의 시간 이동.

상황은 명백했다. 이 시계가 바로 타임머신이었던 것이다. 그리고 자기는 지금 거꾸로 움직인 시계를 따라 과거로 거슬러 온 상태인 것이다.

놀랍기 짝이 없는 시계의 신통력. 하지만 지금 노빈손은 감탄만 하고 있을 기분이 아니었다. 처음엔 콧방귀도 안

꿰다가 신령님한테 기도를 하니까 새치기하듯 끼여드는 건 대체 무슨 놀부 심보란 말인가. 그나마 제대로 들어줬으면 또 모를까. 난데없이 사람을 까마득한 옛날로 보내 놓다니!

"쏘가리 같은 녀석. 이런 불량품을 선물로 주다니."

노빈손이 시계를 노려보며 투덜거리는 순간, 복도에서 누군가의 묵직한 발소리가 저벅저벅 들려오기 시작했다. 앗! 불로피세가 당황한 얼굴로 황급히 문을 닫으려 했지만 발소리의 주인공은 이미 문 앞에 거의 도착한 상태였다. 문 쪽으로 고개를 돌리던 노빈손의 눈길이 새로 나타난 사내와 정면으로 맞부딪쳤다.

"헉!!"

노빈손은 자기도 모르게 신음을 내뱉으며 어깨를 잔뜩 움츠렸다. 사내의 눈빛이 마치 상대의 눈을 꿰뚫어버릴 것처럼 강렬했던 것이다. 통나무처럼 굵은 목, 씨름 선수처럼 떡 벌어진 어깨, 그리고 쇠처럼 단단하고 강해 보이는 몸. 언뜻 보기에도 뭔가 심상치 않은 인물임이 분명했다.

"뭐야? 이 애송이는."

사내가 턱으로 노빈손을 가리키며 물었다. 나지막하면서도 왠지 위압감이 느껴지는 목소리였다. 불로피세가 걱정스러운 눈빛으로 노빈손을 힐끔 쳐다보았다. 넌 이제 죽었다…… 라는 듯이.

하지만 노빈손은 의외로 눈에 꽉 힘을 주고 고개를 쳐들었다. 사내의 말에 은근히 자존심이 상했던 것이다. 스무 살이나 된 어엿한 사나이에게 감히 애송이라니?

"내 이름은 애송이가 아니라 노빈손이에요. 그러는 아저씨는 누구시죠?"

어쭈? 사내의 얼굴에 순간적으로 놀라움이 스쳤다. 새파란 애송이가 당돌하게 말대꾸를 하고 나서는 게 영 뜻밖인 모양이었다. 일자로 단단하게 굳어 있던 사내의 입술에 보일 듯 말 듯 희미한 미소가 떠올랐다.

"나는……."

사내가 천천히 입을 열었다.

"남극 횡단 탐험대장 섀클턴이다."

어니스트 섀클턴. 그는 세계 최초로 남극 대륙 횡단에 도전하는 위대한 탐험가였다.

인듀어런스 호의 대원이 되다

"말해. 이 배에 숨어든 이유가 뭐지?"

섀클턴이 쏘는 듯한 눈빛으로 물었다. 벌써 일곱 번째 되풀이된 질문이지만 노빈손은 여전히 묵묵부답이었다. 지금

아문센과 스코트에게 1, 2등을 빼앗긴 섀클턴은 아무도 상상하지 못했던 엄청난 모험을 준비한다. 웨들해→남극점→로스해로 이어지는 장장 3천km의 '남극 대륙 횡단'이 바로 그것. 얼음으로 가득 찬 웨들해는 21세기의 최첨단 선박들도 접근이 어려운 정도로 위험한 해역이다. 그곳에서의 항해와 상륙, 그리고 대륙 횡단은 한마디로 '불가능에의 도전'인 셈이었다.

그는 이 난감한 상황을 어떻게 헤쳐나가야 할지 곰곰이 생각하는 중이었다.

뭐라고 말하지? 타임머신이니 뭐니 얘기해 봐야 어차피 믿을 거 같지도 않고, 탐험을 중단한 채 나를 육지로 데려다 줄 리도 없고. 그렇다면? 기왕 이렇게 된 거 차라리 저들과 함께 남극 탐험에 나서는 게 더 낫지 않을까? 이럴 때 아니면 평생 남극에 가 볼 기회도 없을 텐데.

"사실은……."

드디어 노빈손이 입을 열었다.

"남극에 가고 싶어서 몰래 탔어요."

"뭐, 남극에 간다고? 니가?"

섀클턴이 어이가 없다는 듯 되물었다.

"왜요? 나는 가면 안 된다는 법이라도 있어요?"

"요런 맹랑한 녀석 같으니라구."

섀클턴이 당치도 않다는 표정으로 눈을 부라렸다.

"남극이 무슨 눈썰매장인 줄 알아? 언제 어떤 위험이 닥칠지 모르는, 지구에서 제일 춥고 위험한 곳이야. 겁도 없이 어딜 따라간다는 거야?"

"하지만 아저씨들도 가잖아요."

"우리 대원들은 너 같은 어중이떠중이가 아냐. 다들 엄격한 심사를 거쳐서 뽑힌 전문가들이라구."

쳇, 사람 엄청 무시하는군. 어중이떠중이라니. 나도 알고 보면 산전수전 다 겪은 역전의 용사인데…….

심통이 난 노빈손이 뾰루퉁하게 말했다.

"하지만 난 이미 배에 탔잖아요. 이제 와서 어쩌라는 거죠?"

"이 녀석이……."

섀클턴이 성난 얼굴로 뭔가 말하려는 순간, 불로피세가 눈치를 살피며 조심스럽게 끼여들었다.

"저어, 대장님."

"왜?"

"저 녀석을 그냥 데리고 가는 게 어떨까요?"

브라보! 그래도 30분 일찍 만났다고 내 편을 들어주는구나.

노빈손은 갑자기 불로피세를 껴안고 뽀뽀라도 해주고 싶

남극 탐험을 도와준 쌈짓돈
섀클턴의 탐험 자금에는 정부에서 지원해 준 돈 외에 전세계에서 수백만 명의 후원자들이 보내 온 쌈짓돈도 포함되어 있었다. 얼굴도 모르는 탐험가에게 외국인들이 그렇게 열렬한 후원을 보낸 이유는 당시 남극 탐험이 요즘의 월드컵 이상으로 세계적인 관심사였기 때문. 특히 아문센이나 섀클턴 같은 특급 탐험가들은 호나우두나 지단 못지않은 최고의 스타였다.

섀클턴 탐험대의 오리지널 주방 보조는 블랙보로라는 앳된 청년이었다. 재미있는 건 그가 정식으로 뽑힌 대원이 아니라 몰래 숨어든 밀항자였다는 사실. 대원들 중 한 명이 자기 친구인 블랙보로를 출발 직전에 몰래 끌어들였던 것이다. 섀클턴은 불같이 화를 낸 다음 그를 주방 보조로 임명했고, 그는 훗날 동상에 걸려 발가락을 죄다 자르는 시련에도 불구하고 마지막까지 제 임무를 충실하게 완수했다.

은 충동이 일었다. 이어지는 불로피세의 얘기.

"저 녀석 하나 때문에 뱃머리를 돌릴 수도 없고, 그렇다고 생사람을 고래밥으로 만들 수도 없잖아요?"

"고래는 저런 녀석 줘도 안 먹지. 상어밥이라면 몰라도."

윽! 저런 야만인을 봤나. 사람을 식량 취급하다니……. 노빈손이 발끈하며 째려보았지만 섀클턴은 조금도 미안한 기색이 아니었다.

"저런 어리버리한 녀석을 어디다 쓰겠어? 식량만 축낼 게 뻔하다구."

"생긴 건 꺼벙하지만 그래도 시키는 일은 그럭저럭 하지 않을까요? 제 생각엔 주방 보조 일이 어떨까 싶은데."

"흠, 주방 보조라……."

섀클턴은 잠시 턱을 쓰다듬으며 생각하다가 노빈손을 돌아보았다.

"어이, 애송이. 너 설거지는 잘하냐?"

아뇨, 집에서 설거지하다가 깬 그릇만 해도 100개가 넘어요…… 라고 말하려다 말고 노빈손은 입을 꾹 다물었다. 무조건 잘한다고 해야 탐험대에 끼워줄 테니까. 눈치가 빨라야 맛있는 걸 얻어먹는다던 엄마의 말이 문득 떠올랐다.

"그럼요. 그릇 100개 씻고 헹구고 닦는 데 딱 1분 걸려요."

"그래? 깨는 데 걸리는 시간이 아니고?"

뜨끔! 당황한 얼굴로 머뭇거리는 노빈손의 어깨에 새클턴이 솥뚜껑 같은 손을 턱 얹으며 말했다.

"널 주방 보조로 임명한다. 이 배의 이름은 인듀어런스! '인내'라는 뜻이다. 아무리 어려운 일이 있더라도 자랑스러운 인듀어런스 호의 설거지 요원답게 꾹꾹 참으며 버텨내기 바란다. 단……."

두둥! 드디어 남극 구경을 하게 생겼구나. 탐험이 끝나면 월급은 몰라도 최소한 집으로 갈 배삯 정도는 주겠지……. 흐뭇해하는 노빈손에게 새클턴이 무시무시한 표정으로 으름장을 놓았다.

"만약 식량이 떨어지면 널 제일 먼저 잡아먹을 거다. 불만 있나?"

허걱! 조금 전엔 상어밥 타령이더니 이젠 아예 직접 드시겠다? 까딱하다간 그릇 닦다 말고 그릇 위에 드러눕겠군. 대체 이 사람이 탐험대장이야, 아니면 식인종 추장이야?

노빈손이 후들거리는 다리를 간신히 추스리며 대답했다.

"없습니다."

인내의 배, 인듀어런스
새클턴이 마련한 탐험선의 원래 이름은 '북극성'이었다. 예전에 아문센을 데리고 벨지카 호를 탔던 벨기에의 겔라쉬가 북극 여행용으로 만든 배였기 때문. 새클턴은 그 배를 사들인 다음 이름을 '인듀어런스(인내)'로 바꿨는데, 거기엔 이유가 있었다. 그의 집안에 대대로 전해지는 가훈이 바로 '우리는 인내로 정복한다'였던 것.

가자! 남극으로

갑판 위의 풍경은 괴상하면서도 신기했다. 털이 북실북실한 에스키모 개 수십 마리가 뱃머리에 묶여 있었고, 한쪽에는 엄청난 양의 석탄이 산더미처럼 쌓여 있었다. 그리고 돛대와 연결된 굵은 밧줄에는 개에게 먹일 고래고기가 잔뜩 걸려 있었다.

강철같이 단단하고 무거운 나무로 만들어진 배 위에서는 세 개의 커다란 돛이 바람에 시원스럽게 펄럭였다. 늘씬하면서도 듬직하고, 단순하면서도 정교한 인듀어런스 호의 모습을 둘러보며, 노빈손은 이 배가 세상에서 가장 아름답고 멋지고 튼튼한 배라는 사실을 실감할 수 있었다. 비록 엉뚱하게 과거로 거슬러 오긴 했지만.

"뭐? 새 대원이 들어왔다구?"

"설거지 담당이라며?"

"근데 뭐 저렇게 노새처럼 허여멀건하게 생겼다냐?"

어느 새 소식을 들은 탐험대원들이 하나둘씩 몰려들었다. 대원들의 수는 총 27명. 무려 5000여 명의 지원자들 중에서 새클턴이 직접 뽑은 최고의 전문가들이었다. 새로운 동료를 맞은 대원들이 앞다투어 노빈손에게 손을 내밀며 악수를 청했다.

"반갑네. 앞으로 우리 잘해 보세나."

"힘들면 아무 때나 말해. 즉시 바다 위에 내려줄 테니까."

"으하하, 졸병 하나 늘었네."

하나같이 친절하고 활기찬 대원들. 노빈손은 왠지 그들이 아주 오랫동안 함께 지낸 낯익은 동료들 같다는 생각이 들었다. 그리고 남극으로 가는 것이 원래부터 정해져 있던 자기의 운명일지도 모른다는 생각이 들었다. 얼떨결에 올라타게 된 인듀어런스 호가 조금씩 정겹게 느껴지는 순간.

"애송이! 잠깐 나 좀 봐."

갑자기 엄청 사납게 생긴 사내 하나가 노빈손을 한쪽 구석으로 잡아끌었다. 이 사람은 또 뭐야? 의아한 표정으로 따라가는 노빈손.

"너, 오늘부터 죽었다고 큰 소리로 복창해."

"누구신데요?"

"나? 나로 말할 거 같으면……."

사내가 엄청 거드름을 피우며 말했다.

"네 직속 상관인 주방장님이시다."

밥이라고는 생전 해봤을 것 같지 않은 그 주방장의 이름은 바비타였다.

저녁. 노빈손은 갑판 위에서 가만히 바다를 내려다보고 있었다. 거의 30인분의 설거지를 혼자서 하느라 팔이 욱신

섀클턴 탐험대의 부대장 와일드는 1909년에 섀클턴과 함께 남위 88도 23분까지 내려갔던 세 명의 부하들 중 하나였다. 또 항해사는 스코트의 1차 탐험 때 섀클턴과 함께 참가했던 사람이었다. 인듀어런스 호의 대원들 중에는 이런 고참들 외에 해양학자, 기상학자, 물리학자, 생물학자 등 과학자들도 여럿 포함되어 있었다. 또 사진사, 목수, 화가, 의사 등도 있었다.

거렸지만 상관없었다. 지금 그는 신비로 가득 찬 미지의 세계 남극으로 가고 있는 것이다. 호기심으로 똘똘 뭉친 풍운아 노빈손에게 그건 실로 흥미롭고 가슴 설레는 새로운 모험이 될 것이었다.

탐험이 끝난 뒤에 집으로 갈 일이 좀 걱정스럽긴 했지만 그건 어차피 나중에 고민해야 할 일. 지금은 탐험을 무사히 마치는 것이 더 급선무다. 별로 미덥지는 않지만 그래도 가끔씩은 소원을 들어주는 시계가 있지 않은가. 제아무리 사오정 시계라도 설마하니 영원히 말귀를 못 알아듣지는 않겠지.

"좋았어. 가자, 남극으로!!"

노빈손은 붉은 악마처럼 두 팔을 힘차게 머리 위로 뻗으며 목청껏 소리를 질렀다. 돛대 위에 앉아 있던 갈매기 서너 마리가 밤하늘로 푸드득 날아올랐다.

애송이!
나좀 보자!
야호!
인듀어런스호라!
배 끝내주는걸?
오빠
달려~!
쟤는
I.Q가
우리보다
못한것
같지?
누구한테
달리라는
거니?

43

2

바셀 만을 향하여

배는 바람을 타고 순조롭게 남쪽으로 나아갔다. 때는 1914년 12월. 한국에선 지금쯤 겨울이 한창이겠지만 남반구의 계절은 북반구와는 정반대다. 남극 주변에서는 이제 막 여름이 본격적으로 시작되고 있었다.

여름이라고 해서 덥거나 따뜻한 건 물론 아니다. 남극 대륙은 한여름에도 한국의 겨울보다 날씨가 훨씬 더 춥다. 하지만 배가 아직 남극권(남위 60도 이하)에 들어서지 않았기 때문에 그리 심한 추위는 느껴지지 않았다. 갑판 위의 온도계는 영하 5℃ 안팎을 오르내리는 중이었다.

"지금 우리는 남극 대륙 위쪽의 웨들해로 가는 중이야.

웨들해는 남극 대륙, 파머 반도, 사우스 샌드위치 군도에 둘러싸인 원 모양의 해역. 육지가 바다를 에워싸고 있기 때문에 얼음이 넓은 곳으로 흘러나가지 못하고 1년 내내 주변 바다 위를 둥둥 떠다닌다. 얼음을 몰고 다니는 웨들해의 거센 해류가 흐르는 방향은 바셀 만의 반대쪽인 파머 반도. 그러므로 바셀 만으로 가려면 해류와 얼음이라는 두 개의 강적과 싸워야 한다.

상륙 목적지는 바로 이 지점이고."

새클턴이 지도 위의 한곳을 손가락으로 짚었다. 표주박처럼 움푹 패인 그곳의 이름은 '바셀 만'이었다. 탐험대는 일단 바셀 만에 상륙한 다음 남극점을 거쳐 대륙 아래쪽의 로스해 해안까지 목숨을 건 썰매여행에 나설 예정이었다.

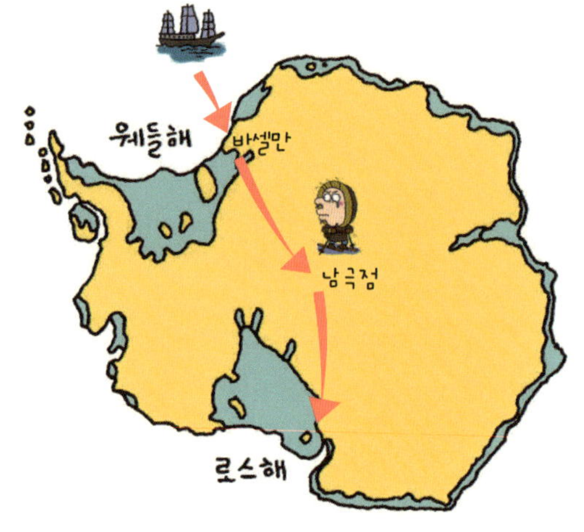

〈 새클턴의 탐험계획 〉

"상륙 지점까지는 얼마나 걸리나요?"

노빈손이 지도를 들여다보며 물었다.

"글쎄, 한 달 정도? 얼음떼만 무사히 피한다면."

"얼음떼라뇨?"

"바다 위를 떠다니는 얼음덩어리를 '부빙'이라고 하지. 웨들해 주변에는 수많은 부빙들이 떼를 지어 돌아다니는데 그게 바로 얼음떼야. 좀 유식한 말로는 '부빙군'이고."

"빙산이랑은 다른 건가요?"

"빙산은 말 그대로 산처럼 거대한 얼음이지. 높이가 최소한 200~300m씩 되니까. 부빙은 그것보다는 크기가 작은 얼음을 일컫는 말이야."

부빙은 바람이나 해류를 따라 수시로 방향을 바꾸며 흘러 다닌다. 5m 안팎의 두께에 길이가 보통 수십 미터에 이르며 하나하나의 무게만 해도 수십 톤이 넘는다. 그런 게 자그마치 수천 수만 개씩 무리를 지어 바다 위를 떠다니는 것이다. 남극권을 항해하는 선원들에게 얼음떼는 절대로 만나고 싶지 않은 공포의 대상으로 통했다.

"만일 배가 얼음떼 틈에 갇히면 빠져나갈 확률은 거의 제로야. 게다가 자칫 정통으로 부딪치기라도 하는 날에는……."

"어떻게 되는데요?"

노빈손이 오싹한 표정으로 물었다. 새클턴이 노빈손을 힐끗 쳐다보더니 무표정한 얼굴로 대답했다.

"어떻게 되긴? 그날로 끝장이지."

"으으―."

노빈손의 입에서 낮은 신음이 새어나왔다. 이거 정말 장난이 아니로구나…… 갑자기 가슴이 서늘해지며 온몸에 으슬으슬 오한이 일어나고 있었다.

빙산에 부딪치면 아무리 크고 튼튼한 배라도 절대 무사할 수 없다. 대표적인 경우가 바로 1912년에 북대서양의 빙산과 충돌한 타이타닉. 길이 265m에 무게가 4만6천 톤이나 되는 타이타닉은 당시 사람들의 생각으로는 '결코 가라앉을 수 없는 배'였다. 하지만 빙산 앞에서는 그야말로 고목나무 앞의 매미 수준. 타이타닉의 침몰은 인간의 기술이 자연 앞에서 얼마나 보잘것없는지를 보여주는 생생한 사례다.

남극의 신비한 얼음

남극은 거대한 얼음 세상이다. 한반도의 60배인 남극 대륙의 98%가 얼음으로 뒤덮여 있으며, 평균 두께는 2,160m다. 제일 두꺼운 얼음층의 두께는 무려 4,800m로, 한라산(1,950m)과 백두산(2,744m)을 합친 것보다도 더 높다. 지구상의 얼음 중 90%가 남극에 있으며 그 전체 부피는 3천만㎦, 전체 무게는 자그마치 20조 톤이나 된다.

얼음의 강 빙하

얼음은 딱딱한 고체라서 움직이지 않을 것 같지만 사실은 그렇지 않다. 높은 곳의 얼음은 아주 천천히 낮은 곳을 향해 조금씩 흘러내린다. 남극 대륙 안쪽 고원지대의 얼음은 1년에 1~5m 가량 밑으로 흐르며, 그 속도는 해안으로 갈수록 점점 빨라진다. 골짜기를 따라 흘러내리는 이 얼음의 강을 가리켜 '빙하'라고 한다.

빙하가 흘러내릴 때 골짜기의 경사가 급해지면 얼음 표면이 갈라지면서 깊은 틈새가 생긴다. 그게 바로 저 악명 높은 '크레바스'다. 크레바스의 깊이는 보통 50m 이상이며, 입구가 눈에 덮여서 잘 보이지 않기 때문에 매우 위험하다. 한 번 빠지면 목숨을 건지기 힘든 이 무시무시한 틈새를 탐험가들은 '악마의 함정'이라고 부른다.

남극 대륙의 해안에는 수백 개의 크고 작은 빙하들이 있다. 그 중에서 제일 큰 동남극의 램버트 빙하는 길이가 400km가 넘고 폭도 40~60km나 된다. 이 빙하에서 얼음이 흐르는 속도는 1년에 약 350m. 하루에 대략 1m씩 흘러내리는 셈이다.

바다를 뒤덮은 빙붕

빙하를 타고 흘러내린 얼음은 해안의 바다 위로 퍼지며 평

평하게 얼어붙는다. 이렇게 얼음으로 뒤덮인 바다를 '빙붕'이라고
한다. 빙붕의 풍경을 상상하려면 엄청나게 넓은 스케이트장을 떠올
리면 된다. 빙붕 중에는 얼음 두께가 1,000m에 가까운 곳도 있으
며, 남극 해안의 3분의 1은 꽁꽁 얼어붙은 빙붕이다.

남극 빙붕 중에서 제일 큰 것은 동남극과 서남극에 걸쳐 있
는 로스 빙붕. 면적이 우리 나라의 두 배나 되는 거대한 얼음 평원
이다.

여의도보다 1천 배나 큰 빙산

빙붕에서는 가끔 엄청나게 큰 얼음덩어리들이 떨어져 나간
다. 빙붕에서 분리되어 바다 위를 떠다니는 수백 미터 높이의 거대
한 얼음이 바로 '빙산'이다. 북극의 빙산은 위가 뾰족한 피라미드
모양이지만 남극의 빙산은 빙붕의 일부였기 때문에 윗면이 평평한
탁상형이다.

역사상 가장 큰 빙산은 1956년에 로스 빙붕 근처에서 발견
되었는데, 크기가 자그마치 3만㎢로 우리 나라의 3분의 10이나 된다.
1963년엔 강원도 면적과 비슷한 1만4천㎢짜리 빙산이 이메리 빙붕

에서 떨어져 나왔고, 1980년에는 전라남도보다 큰 1만7천㎢짜리 빙산이 필크너 빙붕으로부터 갈라졌다. 2002년 5월에 로스 빙붕에서는 여의도의 700배가 넘는 6,000km²짜리 빙산 'C-19'가 떨어져 나왔다.

빙산은 남극해의 해류를 따라 하루 10~15km씩 이동한다. 시간이 지나면 여러 개로 쪼개지면서 생김새도 조금씩 불규칙해진다. 현재 남극 바다엔 크고 작은 수많은 빙산들이 떠다니고 있으며, 미국 국가빙하센터(NIC)가 위성으로 추적하고 있는 초대형 빙산만 해도 44개에 이른다.

빙산보다 더 무서운 부빙

빙산이 쪼개지고 또 쪼개지다 보면 나중엔 작은 얼음조각들로 변한다. 잘게 부서진 빙산 조각들을 '부빙(유빙)'이라 하고, 바다 위를 떼지어 다니는 부빙의 무리를 '부빙군(얼음떼)'이라고 한다.

부빙은 빙산보다 훨씬 작지만 위험은 오히려 더 크다. 방향이 수시로 바뀌고 이동 속도도 빠르며 빙산과 달리 멀리서는 발견할 수가 없기 때문이다. 레이더에도 잘 잡히지 않는 부빙은 섀클턴 시대뿐 아니라 현대에도 남극을 항해하는 배들의 커다란 골칫거리다.

백야의 크리스마스

"우와, 정말 신기하네. 한밤중에도 저렇게 해가 떠 있다니!"

노빈손의 입에서 요란한 탄성이 잇달아 터져 나왔다. 밤에도 지지 않는 남극의 태양. 말로만 듣던 '백야'를 지금 몸소 경험하고 있는 것이다. 해는 하루종일 수평선 바로 위에 얹힌 채 옆으로만 이동하고 있었다. 극지라서 태양의 고도가 낮은 탓이었다.

노-래 하-세 빠 라빠빰빰—.

선실에서 왁자지껄 노랫소리가 들려왔다. 대원들이 파티를 벌이며 신나게 불러제끼는 노래였다. 남극의 바다 위로 울려 퍼지는 아름다운 캐럴. 오늘은 기쁘고 즐거운 크리스마스 이브였던 것이다.

노랫소리가 잠시 잦아드는 순간, 반짝거리는 수백만 개의 바늘이 하늘에서 후두두둑 떨어져 내렸다. 남극의 명물 중 하나로 꼽히는 얼음소나기였다. 자명종처럼 때맞춰 내린 저 황홀한 소나기는 어쩌면 아기 예수의 탄생을 축하하는 자연의 선물인지도 몰랐다.

"예수님이 얼음떼를 죄다 녹여주시면 좋을 텐데."

노빈손은 문득 근심스러운 표정을 지으며 먼바다를 쳐다보았다. 요 며칠 사이에 얼음떼의 출현이 부쩍 잦아지고 있

얼음소나기는 대기 중의 수분이 얼어붙어 땅으로 떨어지는 현상. 가느다란 바늘처럼 생긴 수백만 개의 미세한 얼음 결정체가 노을진 하늘 아래로 반짝거리며 쏟아져 내리는 장면은 오직 남극에서만 볼 수 있는 환상적인 풍경이다. 온 세상을 환상적인 동화 나라로 만드는 얼음소나기는 하루종일 해가 지지 않는 남극의 여름(11~2월)에 주로 발생한다.

빙산의 색깔은 대개 푸른빛이 은은히 감도는 흰색이거나 짙은 옥색. 하지만 남극해에서는 아주 가끔 초록빛을 띤 빙산이 발견되기도 한다. 그 이유는 얼음 속에 무수히 많은 동물성 플랑크톤이 섞여 있기 때문. 오래된 얼음의 푸른색과 동물성 플랑크톤의 노란색이 합쳐지면서 신비한 초록색을 띠게 되는 것이다. 이해가 안 되는 사람은 크레파스로 직접 실험해 볼 것.

었던 것이다. 금방이라도 배를 짓이겨버릴 듯한 기세로 사방에서 달려드는 얼음떼는 공포 그 자체였다. 새클턴의 노련한 지휘 덕분에 그때마다 무사히 위기에서 벗어나긴 했지만, 노빈손은 아직도 불안감을 완전히 떨쳐버리지 못하고 있었다.

"이 녀석! 설거지는 안하고 여기서 뭐하는 거야?"

갑자기 뚝배기 깨지는 듯한 목소리가 귀를 때렸다. 술기운으로 얼굴이 벌겋게 달아오른 바비타 주방장이었다.

둘은 인듀어런스 호의 소문난 앙숙이었다. 주방에 들어서면 일하는 시간보다 입씨름하는 시간이 훨씬 많았고, 그로 인해 애꿎은 대원들만 늘 배를 곯아야 했다.

"파티중에 웬 설거지? 내가 무슨 식기 세척기인 줄 알아요?"

"고참에게 말대꾸를 하다니. 새는 입 주제에."

"새는 입이라뇨?"

"네 녀석 입 줄줄 새잖아. 그러니까 잘 때 그렇게 침을 흘리지."

"내가 침을 흘리면 얼마나 흘린다고 그래요?"

"정확히 말하면 흘리는 게 아니라 쏟아 붓는 거지. 오죽하면 내가 밤마다 수영하는 꿈을 꾸겠냐구."

이익! 약이 잔뜩 오른 노빈손이 마침내 상대의 가장 아픈 구석을 건드렸다.

"맨날 시커멓게 탄 밥만 먹으니까 속이 아파서 그래요. 됐어요?"

"뭐가 어째? 이 녀석…… 내가 언제 밥을 태웠다고."

"난 처음엔 쌀로 숯 만드는 줄 알았다니까요."

"뭐? 숯? 너 말 다했냐?"

옥신! 각신! 둘의 입씨름은 새벽녘까지 그칠 줄 모르고 이어졌다. 싸우다 지친 노빈손이 깜박 잠이 들었을 무렵, 누군가의 다급한 목소리가 새벽 하늘을 뒤흔들었다.

"비상! 비상!!"

"얼음떼가 나타났다아—!!"

쿠쿠쿵—.

거대한 얼음떼가 수평선을 뒤덮은 채 빠른 속도로 다가 오고 있었다.

얼음 속에 갇힌 인듀어런스 호

"배를 우측으로 돌려!"

우우웅—.

"다시 왼쪽으로!"

우우우웅—.

초록색 빙산은 원래 물에 잠겨 있던 부분이다. 빙산의 윗부분은 눈이 얼어붙은 것이고 아랫부분은 바닷물이 얼어붙은 것. 바다가 얼면 바다 속의 동물성 플랑크톤이 함께 얼면서 얼음 속에 갇힌다. 그 빙산이 바다를 떠다니며 바람과 파도에 깎이다가 균형을 잃고 뒤집어지면서 초록색이 물 위로 드러나게 되는 것이다. 하지만 빙산이 뒤집어질 확률은 겨우 1천분의 1이기 때문에 초록색 빙산을 구경하기는 매우 어렵다.

53

남극에 넘쳐나는 빙산을 건조한 사막으로 옮기면 물 부족이 해결되지 않을까? 좀 황당해 보이는 이런 생각을 실제로 했던 사람이 있다. 1970년대에 사우디아라비아의 왕자가 "남극 빙산을 우리 나라로 옮겨 주면 돈은 얼마든지 내겠다"고 선언한 것. 그러자 많은 과학자들이 빙산을 녹기 전에 운반하는 방법을 연구하기 시작했고, 1978년엔 미국에서 연구발표회가 열리기도 했다. 비록 행동으로 옮기지는 못했지만.

"속도를 늦춰! 잘못하면 충돌한다!!"

끼리릭— 츠츠츠춧—.

위태로운 순간이 잇달아 지나갔다. 항해사와 조타수의 팔뚝에 터질 듯한 힘줄이 툭툭 솟았고, 갑판원들의 얼굴에는 비지땀이 폭포처럼 흘러내렸다. 육중한 부빙들이 서로 부딪칠 때마다 바다를 뒤흔드는 굉음과 함께 집채만한 물보라가 해일처럼 사납게 치솟아 올랐다.

쾅— 콰콰콰쾅—.

콰르르르르—.

자연과 인간의 치열한 사투. 인듀어런스 호는 부빙과 부빙 사이의 좁고 구불구불한 물길 속을 헤매며 끈질기게 탈출을 시도했다. 하지만 대원들의 필사적인 노력에도 불구하고 길은 좀처럼 트이지 않았다. 맹수처럼 사나운 거대한 얼음덩어리만 끝없이 밀려오고 또 밀려올 뿐이었다.

어느 새 시간은 정오를 지나 오후로 접어들었다. 출렁대는 얼음바다 위로 남극의 여름 햇살이 눈부시게 쏟아지고 있었다.

덜컹—.

"어엇!"

"아이쿠—."

비명과 함께 대원들이 갑판 위로 나뒹굴었다. 갑자기 배가 크게 흔들리며 한쪽으로 비스듬히 기울어졌던 것이다.

부빙과 충돌한 것도 아닌데 왜 이러지? 의아한 얼굴로 난간을 짚고 일어서는 노빈손의 귀에 갑자기 섀클턴의 당황한 목소리가 들려왔다.

"젠장, 수렁이잖아!!"

수렁이라니? 갯벌도 아니고 늪도 아닌 바다에 웬 수렁? 갸웃하던 노빈손은 상황을 직접 눈으로 보고서야 그 말의 의미를 깨달을 수 있었다.

"헉!"

갑판 너머로 내려다보이는 바다의 풍경. 그것은 거대한 진창이었다. 기온이 올라가면서 푸석푸석하게 녹은 얼음들이 잘게 부서진 채 바다를 뒤덮고 있었던 것이다. 그래서 바다 전체가 마치 푸딩처럼 걸쭉한 얼음 수렁으로 변해 있었다. 이런 상황에서는 아무리 노련한 선원이라 해도 제대로 항해를 할 수가 없다. 배가 물 위에 떠 있는 게 아니라 질퍽한 늪에 빠진 꼴이기 때문이다.

"뱃머리를 돌려! 당장 뒤로 빠지라구!"

섀클턴은 목이 터져라 고함을 지르며 대원들을 재촉했다. 하지만 수렁에 깊숙이 처박힌 배는 좀처럼 중심을 잡지 못했다. 엔진 출력을 최대한으로 올려도 앞으로 나아가기는커녕 여전히 제자리에서 맴돌며 이리저리 기우뚱거릴 뿐이었다.

1980년대엔 빙산을 옮기는 새로운 방법이 제시되었다. 빙산은 파도와 접촉하는 부분이 제일 빨리 녹으며 바다 속에 잠긴 아랫부분은 훨씬 늦게 녹는다는 것. 그러므로 파도에 노출된 부분, 즉 바다 표면과 맞닿은 부분만 잘 포장하면 2~3개월간 운반해도 절반 정도는 녹지 않고 남는다는 것이다. 거대한 빙산을 포장할 방법이 마땅치 않아 취소되긴 했지만, 과학자들은 지금도 빙산 운반법을 열심히 연구하고 있다.

만일 이대로 밤이 되어 얼음 수렁이 통째 얼어붙는다면?

으으ㅡ. 노빈손은 눈을 질끈 감고 머리를 힘껏 흔들어댔다. 자꾸만 떠오르는 불길한 생각을 떨쳐버리려는 듯이. 그리고는 주방 바닥에 무릎을 꿇고 앉아 간절히 기도를 올리기 시작했다.

"흑흑, 신령님. 제발 저 얼음 푸딩을 다시 물로 바꿔 주세요."

하지만 이번에도 역시 신령님은 노빈손의 기도를 들어주지 않았다. 수렁 속에서 몸부림치는 인듀어런스 호의 돛대 위로 저녁노을이 서서히 번져가고 있었다.

희뿌연 밤이 찾아왔다. 절반쯤 녹아 있던 얼음이 다시 꽁꽁 얼어붙기 시작했다. 질퍽거리던 푸딩 바다가 차츰 살얼음판으로 변했고, 새벽녘엔 다시 꽝꽝 얼음장으로 변했다. 사방으로 10km가 넘게 펼쳐진 아득한 얼음벌판. 그 한복판에 인듀어런스 호가 단단히 붙잡혀 있었다. 초콜릿 속에 박힌 작은 아몬드처럼.

목적지인 바셀 만을 불과 100여 킬로미터 앞에 두고 벌어진 일이었다.

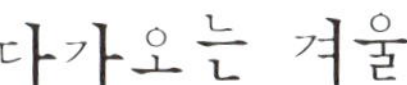

다가오는 겨울

한 번 가로막힌 물길은 해가 바뀌어도 여전히 열릴 줄 몰랐다. 얼음이 녹으면서 간간이 아주 작은 통로가 만들어지기도 했지만 한 척의 배가 빠져나갈 수 있을 만큼은 아니었다.

그렇게 한 달을 보내면서 대원들은 서서히 중요한 사실을 깨달았다. 얼음벌판 전체가 완전히 녹아서 해체되기 전에는 탈출이 불가능하다는 것을.

그건 지금 이 자리에서 최소한 8개월을 버텨야 한다는 걸 의미했다. 지금은 여름의 막바지인 2월. 환절기인 3, 4월이 지나면 5월부터는 혹독한 남극의 겨울이 시작된다. 다시 여름이 시작되는 11월까지 이 얼음벌판은 절대 녹지 않을 것이다.

그 사이에 대원들에게 어떤 일이 일어날지는 지금으로선 누구도 알 수 없었다.

2월 24일 아침. 새클턴이 대원들을 갑판 위로 소집했다. 뭔가 중대발표가 있을 거라는 말에 약간의 술렁거림이 일긴 했지만 별다른 동요는 없었다. 대장이 무슨 얘길 할지는 모두 짐작하고 있었으므로.

"다들 모였나?"

"옛!!"

벨지카와 인듀어런스는 닮은 꼴

인듀어런스 호 앞에 닥친 상황은 1898년에 벨지카 호가 겪었던 것과 매우 비슷하다. 벨지카 호 역시 여름의 막바지인 3월초에 얼음 틈새에 갇혔고, 겨울 내내 얼음벌판 위에서 생활해야 했으며, 10~11월이 되어서야 비로소 얼음이 녹으면서 물길이 조금씩 열리기 시작했다. 하지만 배가 자유롭게 움직일 정도의 물길은 이듬해 3월에야 겨우 확보할 수 있었다.

요즘엔 배가 조난되면 곧바로 무선통신을 이용해 구조 요청을 보내지만 섀클턴 시대엔 상황이 달랐다. 당시엔 모르스 부호를 주고받는 원시적인 통신 장치밖에 없었고, 그나마도 성능이 아주 꽝이었던 것. 인듀어런스 호의 대원들은 하루종일 수신기 앞에서 구조 신호에 대한 응답을 기다렸지만, 들려오는 소리라고는 "지지지직—"하는 시끄러운 잡음밖에 없었다고 한다.

합창하듯 터져 나오는 우렁찬 대답.

"오늘부터 전 대원들은 더 이상의 탈출 시도를 중단하고 대신 식량과 연료 확보에 들어간다. 무슨 얘긴지 알겠나?"

"옛!!"

역시 우렁찬 대답. 그러나 이번엔 100%가 아니었다. 노빈손이 혼자 손을 번쩍 들며 이렇게 외쳤던 것이다.

"아뇨!"

뭐야, 저 녀석은?

대원들의 눈길이 일제히 노빈손에게 쏠렸다. 바비타가 당황스런 얼굴로 노빈손의 입을 황급히 틀어막았다. 직속 상관 망신을 시켜도 유분수지, 이런 심각한 상황에서 딴소리를 하다니…….

섀클턴이 의아한 표정으로 물었다.

"빈손! 왜 아니라고 대답했지?"

"왜냐하면……."

노빈손이 자랑스러운 얼굴로 말했다.

"모두가 예라고 할 때 아니오라고 할 수 있는 사람! 저는 그런 사람이걸랑요. 헤헤."

맙소사! 섀클턴의 눈썹이 여덟 팔(八)자로 일그러졌다. 분위기를 망친 노빈손은 결국 그날 하루종일 혼자서 갑판 청소를 해야만 했다.

대원들은 서둘러 월동 준비에 들어갔다. 일단 배 곳곳을 꼼꼼히 정비했고, 선실의 난방 시설도 더 따뜻하게 바꾸었다. 이제 인듀어런스 호는 단순한 배가 아니라 대원들이 겨울을 보낼 일종의 해상 기지인 셈이었다.

얼음 위로 내려선 대원들은 빙판 위에 개들을 위한 숙소를 따로 지었다. 얼음벽돌과 눈으로 이글루처럼 만든 그 개집의 이름은 '도글루'였다. 아직 여름이 완전히 끝나지 않았는데도 기온은 어느 새 영하 20℃를 오르내리고 있었다.

2월의 마지막날 밤. 차가운 북풍이 빙판을 휩쓸며 지나갔다. 여름이 완전히 물러갔음을 알리는 신호였다. 인듀어런스 호를 붙들고 있는 얼음벌판 전체가 바람에 밀려 어디론가 조금씩 흘러가고 있었다.

이글루를 짓는 방법은 생각보다 간단하다. 일단 고래뼈로 만든 칼을 이용하여 단단하게 쌓인 눈을 벽돌 모양으로 잘라낸 다음 차곡차곡 쌓는다. 그게 벽이 되고, 눈을 잘라낸 우묵한 자리는 집의 바닥이 된다. 벽 위에 반원 형태의 둥근 지붕을 만들고 이음새와 틈새에 눈을 밀어넣어 막으면 그걸로 집 한 채가 완성된다. 지름 5m 크기의 10인용 이글루를 만드는 데 걸리는 시간은 겨우 두 시간 정도.

환상의 얼음폭탄

"히히히, 참 희한하게도 걷는구나."

노빈손의 웃음소리가 얼음벌판 위로 까르르 울려 퍼졌다. 그는 지금 '남극의 신사'로 불리는 펭귄을 구경하는 중이었다. 덩치가 크고 거만해 보이는 황제펭귄, 작고 귀여운 아델리 펭귄, 머리에 멋진 깃털을 꽂은 마카로니 펭귄 등등.

북극에는 펭귄이 없다. 그럼 남극에만 있을까? 천만의 말씀이다. 남극 외에 남아프리카, 남아메리카, 호주 남쪽과 뉴질랜드 등에도 펭귄이 서식하고 있으며, 심지어는 적도 부근의 갈라파고스 제도에도 있으니까. 지금까지 발견된 펭귄의 종류는 17~18종이며, 남극에는 황제펭귄, 아델리 펭귄, 마카로니 펭귄 등 7종의 펭귄이 떼지어 산다.

노빈손은 녀석들의 뒤뚱거리는 걸음걸이를 똑같이 흉내 내며 펭귄의 꽁무니를 졸졸 쫓아다녔다.

"새는 입! 지금 뭐하는 거야? 하라는 사냥은 안하고."

바비타가 또다시 시비를 걸며 다가왔다. 그가 끌고 있는 썰매 위엔 통통한 물개 서너 마리가 축 늘어진 채 누워 있었다. 대원들은 지금 두세 명씩 짝을 지어 물개 사냥을 하고 있는 중이었고, 노빈손은 당연히 바비타와 같은 조에 속해 있었다.

"숯쟁이 아저씨. 사람 좀 그만 들볶아요. 전 지금 휴식중이란 말이에요."

"무슨 휴식을 하루종일 해? 그리고, 불은 또 왜 피웠어? 가뜩이나 연료도 부족한 판에……."

바비타는 못마땅한 얼굴로 노빈손의 발치를 힐끗 내려다보았다. 석유 버너 위에 올려놓은 양철 물통에서 물이 하얀 김을 내뿜으며 부글부글 끓고 있었다.

"우아하게 차 한 잔 마시려구요, 헤헤."

"차 좋아하시네!"

바비타가 가소롭다는 듯한 얼굴로 퉁명스럽게 내뱉었다.

"그럼 그냥 냉차 마셔. 괜히 아까운 연료 낭비하지 말고."

이어지는 야속한 한 마디.

"내가 다시 올 때까지 사냥해놔. 안 그러면 굶길 테니까."

크크크―.

돌아서는 바비타의 얼굴에 심술궂은 웃음이 슬그머니 떠
올랐다.

"쳇, 치사하게 밥 가지고 사람을 협박하다니."

노빈손은 바비타의 땅딸한 뒷모습을 노려보며 끊임없이
원망을 늘어놓았다.

"밥도 맨날 태우는 주제에! 그걸 먹느니 차라리 숯을 먹
겠다."

잔뜩 부은 얼굴로 중얼거리는 노빈손. 어디선가 이상한
소리가 들려온 건 바로 그때였다.

크르르—.

이게 무슨 소리지? 움찔하며 주위를 살피던 노빈손의 입
에서 불에 덴 듯한 외마디 비명이 터져 나왔다.

바다표범(해표류)의 일종인 '표범 해표'는 몸길이 3m에 체중이 400kg이나 되는 무시무시한 녀석이다. 날카로운 송곳니를 드러낸 채 기어가는 모습은 쥬라기 시대의 육중한 공룡을 연상시킨다. 사람을 보면 피하는 다른 해표들과 달리 이 녀석은 사람에게도 무작정 덤벼든다. 펭귄이나 물고기, 오징어는 물론이고 때로는 어린 동족들까지 잡아먹는 흉측한 녀석이다.

"으앗!!"

얼음구멍 속에서 느닷없이 튀어나온 점박이 괴물! 얼굴과 목이 검은 점으로 뒤덮인 그 거대한 짐승은 다름 아닌 '표범 해표'였다. 거대한 머리와 날카로운 송곳니, 그리고 게걸스러운 식성 탓에 흔히 '바다표범의 왕초'로 불리는 사나운 맹수. 배가 고프면 사람까지 마구 공격하는 무시무시한 남극의 악당이 눈앞에 나타났던 것이다.

크르르르ㅡ.

녀석은 송곳니를 위협적으로 드러낸 채 육중한 몸을 뒤흔들며 빠른 속도로 다가왔다. 뭐 저렇게 이상하게 생긴 먹잇감이 다 있느냐는 듯이. 햇빛에 반짝이는 이빨이 흡사 저 승사자의 머리에 달린 뿔처럼 공포스럽게 보였다.

"으으ㅡ."

노빈손은 황급히 버너의 불꽃 뒤로 몸을 피했다. 하지만 남극 바다의 점박이는 불을 전혀 무서워하지 않았다. 오히려 가소롭다는 듯 입을 실룩이며 콧김을 휙휙 내뿜어대고 있었다.

"가, 저리 가란 말야! 제발 좀 가라구!!"

애원하다시피 간청하는 노빈손. 콧방귀도 안 뀌며 노빈손을 사납게 노려보는 해표. 어느 새 버너의 불꽃마저 조금씩 잦아들기 시작했다.

불마저 꺼지면 더 이상은 버틸 방법이 없는데, 어떡하지? 필사적으로 머리를 굴리던 노빈손의 눈에 문득 뜨거운 물이 담긴 양철 물통이 보였다. 물통을 잡는 순간 녀석이 맹렬한 기세로 획 달려들었고, 노빈손은 마치 지푸라기라도 잡는 심정으로 녀석에게 뜨거운 물을 확 끼얹었다.

좌악―.

그리고 다음 순간, 상상도 하지 못했던 놀라운 일이 벌어졌다.

펑!

퍼퍼펑!!

깨애애애액―.

보라! 다이너마이트처럼 허공에서 폭발하며 사방으로 튀어나가는 저 얼음 파편을.

보라! 똥침 맞은 강아지처럼 깨깽거리며 황급히 얼음구멍 속으로 도망치는 저 점박이를.

"이, 이게 도대체……."

노빈손은 얼떨떨한 표정으로 해표의 뒷모습을 바라보았다. 대체 지금 무슨 일이 일어난 거야? 왜 물이 갑자기 폭탄으로 변했지? 자기가 해놓고도 그게 뭔지를 모르는 띨띨한 노빈손.

하지만 아무래도 좋았다. 어쨌든 위험은 사라졌으니까. 노빈손은 안도의 한숨을 내쉬며 차가운 얼음 위에 털썩 주저앉았다. 저만치 앞에서 바비타가 놀란 표정을 지으며 황급히 달려오고 있었다.

얼음폭탄의 정체
노빈손이 뿌린 물은 왜 폭발했을까? 펄펄 끓던 물이 갑자기 영하 50~60℃의 공기와 접촉하면 순간적으로 열을 잃으면서 얼음으로 바뀐다. 물이 허공에서 수많은 얼음 알갱이로 변하며 사방으로 강하게 튀기 때문에 마치 폭발처럼 보이게 되는 것. 우리 나라처럼 한겨울에도 기껏해야 영하 10℃ 안팎인 곳에서는 절대 구경할 수 없는 신기한 현상이다.

알고 나면 더 시원한 얼음의 정체

    냉장고만 열면 아무 때나 꺼낼 수 있는 흔해빠진 얼음. 하지만 그것에 대해 제대로 알고 있는 사람은 그리 흔하지 않다. 투명한 얼음 속의 숨은 과학들을 여러분은 얼마나 알고 있는가? 평소에 무심코 지나치기 쉬운 여러 현상들을 통해서 얼음의 정체를 시원하게 밝혀 보자.

얼음이 도대체 뭐야?

    "뭐긴 뭐야? 물이 언 게 얼음이지!" 말숙이라면 대뜸 이렇게 대답할 것이다. 하지만 노빈손의 독자들이라면 그보다 더 확실하고 똑부러지는 모범 답안을 내놓을 수 있어야 한다. "얼음? 그건 바로 고체 상태의 H_2O라구."

    모든 물질은 고체 · 액체 · 기체 중 한 가지 상태로 존재한다. 열을 흡수하거나 빼앗기면 물질을 구성하고 있는 분자들의 결합력이 달라져서 처음과는 다른 상태로 바뀌게 되는데, 이를 '물질의 상태 변화'라고 한다. 물은 온도에 따라 얼음(고체), 물(액체), 수증기(기체)로 변하지만 질량과 고유한 성질은 변하지 않는다. 액체 상태인 물이 열을 빼앗겨 고체로 바뀐 것이 바로 얼음이다.

    어떤 물질이 응고, 융해, 기화되는 온도를 각각 그 물질의 '어는점', '녹는점', '끓는점'이라고 부른다. 응고와 융해는 같은 온도에서 일어나기 때문에 한 물질의 어는점과 녹는점은 동일하다. 표준기압(1기압) 상태일 때 물의 어는점(녹는점)은 0℃, 끓는점은 100℃다. 상태 변화가 일어나는 온도는 물질에 따라 서로 다르며, 물질의 특성을 나타내는 중요한 기준이 된다.

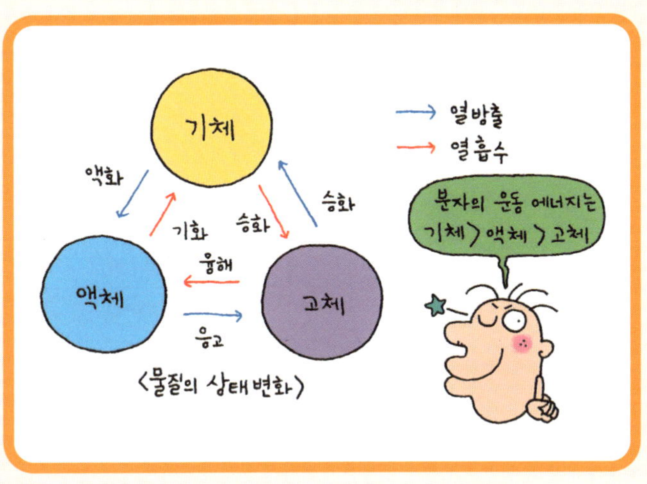

얼음의 온도는 무조건 0℃?

물의 어는점이 0℃라고 해서 얼음의 온도가 늘 0℃인 건 아니다. 주위의 기온이 낮으면 얼음은 0℃보다 훨씬 더 낮은 온도까지 내려간다. 냉동실에서 갓 꺼낸 얼음의 온도는 −15℃ 정도이며, 드라이아이스를 이용하면 얼음 온도를 −78.5℃까지 낮출 수도 있다.

그럼 얼음이 어는 동안 점점 더 차가워지는 걸까? 그렇지는 않다. 물이 0℃에서 얼기 시작하면 아무리 날씨가 추워도 다 얼 때까지는 더 이상 차가워지지 않는다. 또 얼음이 0℃에서 녹기 시작하면 아무리 열을 가해도 다 녹을 때까지는 더 이상 따뜻해지지 않는다. 그러다가 완전히 얼거나 녹은 뒤부터 다시 온도가 내려가거나 올라가기 시작한다.

가열이나 냉각이 계속되는데도 온도가 한동안 0℃인 이유는 뭘까? 그건 그때 드나드는 열에너지가 온도를 바꾸는 데 쓰이지 않고 분자의 결합 상태를 바꾸는 데만 쓰이기 때문이다. 즉, 물질의 상태 변화에만 쓰이기 때문이다.

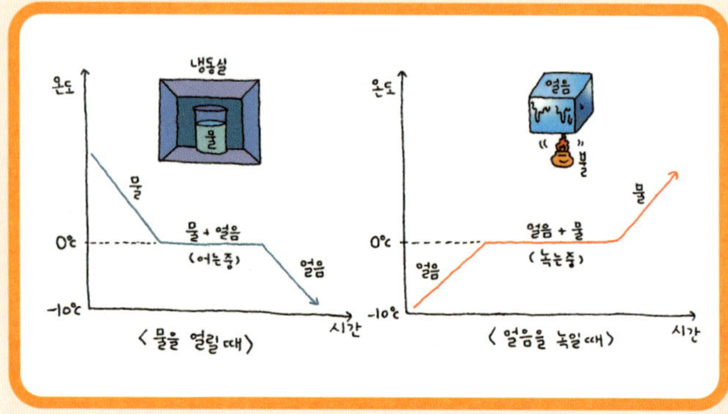

얼음은 녹는 동안에도 계속 열을 흡수하지만 그 열은 아직 고체로 남아 있는 부분의 분자 운동을 늘리는 데만 쓰인다(열에너지 →분자의 운동에너지). 그러므로 얼음 전체가 완전히 액체로 바뀌기 전까지는 온도가 올라가지 않는다. 또 물은 어는 동안에도 계속 열을 내보내지만 그 열은 아직 액체로 남아 있는 부분의 분자 운동이 줄어들면서 생겨나는 것이다(분자의 운동에너지→열에너지). 그러므로 모든 물이 완전히 고체로 바뀌어 더 이상의 열이 발생하지 않아야 비로소 온도가 내려가게 된다.

물질이 상태 변화를 일으킬 때는 이처럼 온도가 고정된 상태에서 열이 흡수되거나 배출된다. 실제로는 존재하지만 온도계로는 측정되지 않는 그 열을 '잠열(숨은 열)'이라고 한다.

얼음은 에스키모들의 보일러

얼음이 녹거나 물이 증발하는 것은 열을 흡수하는 '흡열 반응'이다. 그러므로 열을 빼앗긴 주위의 온도는 그만큼 차가워진다. 물이 어는 것은 그와 반대로 열을 내보내는 '발열 반응'이다. 그러므로 열을 얻은 주위의 온도는 그만큼 따뜻해진다. 액체를 기화시켜 주위 온도를 낮추는 대표적인 도구가 바로 냉장고고, 수증기를 액화

시켜 주위 온도를 높이는 대표적인 도구가 바로 보일러다. 그밖에도 우리 주변에서는 이 원리를 이용하는 사례들이 무수히 많다.

후텁지근한 실내에 얼음을 놓아두면 얼음이 녹으면서 공기 중의 열을 흡수하기 때문에 방 안이 한결 시원해진다. 여름에 마당에 물을 뿌리면 물이 기화(증발)하면서 주위의 열을 빼앗기 때문에 기온이 잠시 내려간다. 주사를 맞을 때 알코올을 바르면 시원하게 느껴지는 건 알코올이 증발하면서 피부의 열을 빼앗아가기 때문이고, 아이스크림을 포장할 때 드라이아이스를 함께 넣어주는 건 드라이아이스가 기화하면서 주위의 온도를 낮춰 아이스크림이 녹는 것을 막아주기 때문이다.

북극의 에스키모들은 매일 이글루(얼음집) 실내의 얼음벽에 물을 뿌려서 얼린다. 가뜩이나 추운데 왜 또 냉방을 하느냐고? 천만의 말씀. 냉방이 아니라 난방이다. 물이 얼면서 내보내는 열로 인해 실내가 한결 따뜻해지는 것이다. 한겨울에 농부들이 채소나 과일에 물을 뿌리는 것도 물이 얼 때 방출되는 열로 작물의 냉해를 막기 위해서다. 호수 근처에 있는 마을은 호수가 얼면서 뿜어내는 열 덕분에 겨울에도 다른 지역들보다 날씨가 따뜻하다.

냉동실의 콜라병이 깨지는 이유

물이 얼면 액체일 때보다 부피가 훨씬 늘어난다. 대부분의 물질은 얼어붙으면 쪼그라들면서 평소보다 부피가 줄어들지만 물은 그와 정반대다. 콜라병이 냉동실에서 깨지는 이유는 바로 그것. 병은 얼면서 수축하는데 병 속의 콜라는 얼면서 팽창하니까 당연히 병이 깨지게 되는 것이다.

중요한 건 그런 현상이 0℃부터가 아니라 아직 얼기도 전인 4℃부터 일찌감치 시작된다는 점이다. 4℃보다 높은 온도에서는 물도 여느 물질들과 마찬가지로 데울수록 부피가 늘어나고 식힐수록 줄어든다. 그러다가 4℃가 되면서부터 갑자기 청개구리로 변하게 되는 것이다.

컵에 미지근한 물을 담고 높이를 표시한 다음 온도를 계속 낮춘다고 하자. 4℃가 될 때까지는 물의 부피가 줄어들면서 눈금 아래로 조금씩 내려간다. 그러다가 4℃를 지나면 다시 늘어나기 시작하고, 얼고 난 뒤엔 눈금보다도 더 높이 올라가게 된다. 얼기 직전에 100㎖였던 물이 완전히 얼었을 때의 부피는 약 109㎖. 액체 상태일 때보다 덩치가 9% 가량 커진다는 뜻이다.

부피가 변하면 밀도(촘촘한 정도)도 변한다. 부피가 커지면 밀도가 낮아지고 부피가 작아지면 밀도는 높아진다. 물은 4℃일 때 부피가 제일 작고 밀도가 제일 높으며, 그보다 따뜻해지거나 차가워지면 부피가 늘고 밀도가 낮아지는 독특한 물질이다.

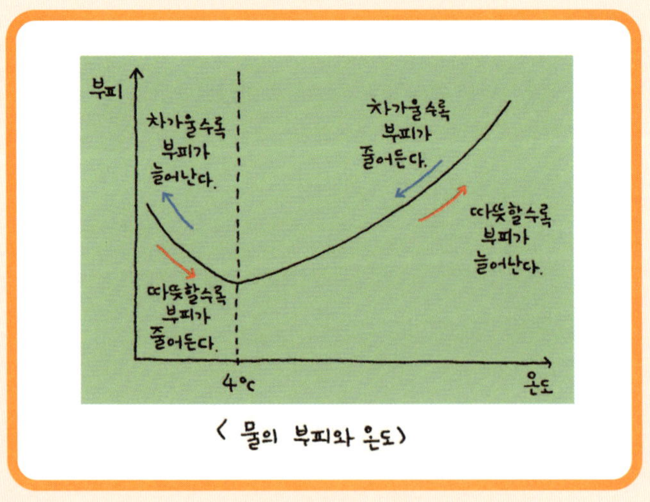

〈 물의 부피와 온도 〉

얼음의 힘은 천하장사

물이 얼음으로 바뀌면 콜라병만 깨뜨리는 게 아니다. 한겨울이 되면 두꺼운 물독이 깨지기도 하고, 튼튼한 수도 파이프가 얼어서 터지기도 한다. 물을 가득 채운 다음 꽁꽁 얼리면 무쇠로 만든 물통마저 맥을 못 추고 꼼짝없이 부서져버린다.

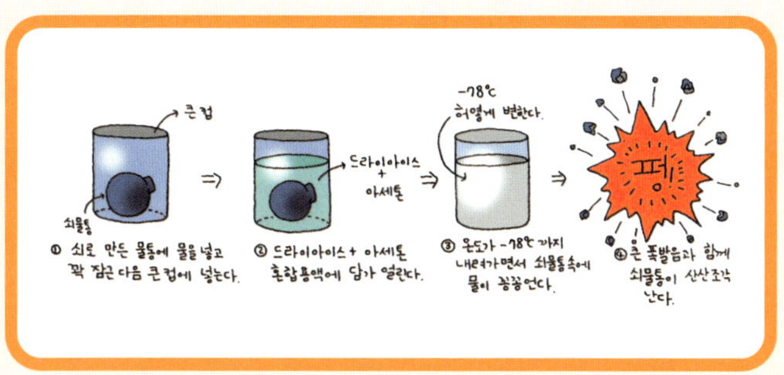

그럼 그 힘의 세기는 어느 정도일까? 놀라지 마시라. 우리가 살고 있는 평지의 공기 압력이 1기압인데, 물이 얼 때의 부피 변화에 따른 압력은 자그마치 1,700기압이다. 쉽게 말해서, 170톤짜리 쇳덩이로 엄지손톱을 짓누르는 정도의 힘이라고 생각하면 된다. 세계에서 가장 깊은 바다인 '마리아나 해구'의 수압(1,100 기압)보다도 1.5배나 더 강한 무시무시한 압력이다.

얼음은 버티는 힘도 강하다. 꽁꽁 얼어붙은 5cm 두께의 얼음은 어른 한 명의 몸무게를 견딜 수 있고, 10~12cm 정도면 스케이트장을 만들어서 수백 명이 쿵쾅거려도 끄떡없다. 또 20cm가 되면 1톤 트럭이 하루종일 돌아다녀도 깨지지 않는다. 재미있는 건, 30cm 두께의 얼음이 7톤의 무게를 지탱할 수 있다는 점이다. 겨우 10cm 차이로 6톤을 더 버텨낼 수 있다니!

강이나 호수는 왜 위부터 얼까?

밀도가 높은 물은 밀도가 낮은 물보다 비중이 크다. 쉽게 말해서, 무겁다는 뜻이다. 뜨거운 물을 식히면 밀도가 증가하면서 비중이 점점 커져서 4℃일 때 최대가 되었다가 4℃ 이하가 되면 다시 작아지기 시작한다. 비중이 다른 물이 한데 섞이면 비중이 큰 물은 무거우므로 밑으로 가라앉고, 비중이 작고 가벼운 물이 위로 떠오르게 된다.

가령 수온이 10℃인 호수가 있다고 하자. 그리고 호숫가의 날씨가 아주 추워졌다고 하자. 그럼 일단 찬 공기와 맞닿은 윗물이 먼저 차가워져서 9℃가 된다. 그런데 9℃의 물은 10℃보다 무거우므로 밑으로 가라앉아버리고, 대신 10℃인 아랫물이 위로 올라온다. 그리고 새로 올라온 물이 차가워지면서 윗물과 아랫물이 똑같이 9℃로 통일된다. 그러고 나면 이번엔 8℃가 된 윗물이 아래로 가라앉고, 이런 과정이 되풀이되면서 호수 전체의 수온이 1℃씩 밑으로 떨어지게 된다.

그럼 전체가 4℃가 되고 나면? 잠시 후에 윗물이 3℃가 되면서 가라앉을까? 그렇지 않다. 이제부터는 온도가 낮을수록 비중이 작기 때문에 윗물은 아무리 차가워지더라도 더 이상 가라앉지 않고 계속 위쪽에 머무른다. 그러다가 0℃가 되면 서서히 얼기 시작한다. 바로 이런 과정을 거쳐서 강이나 호수가 위쪽부터 얼게 되는 것이다.

호수의 얼음은 차가운 공기를 차단시켜 아랫물의 온도를 유지하는 단열재 구실을 한다. 날씨가 추울수록 얼음은 두꺼워지지만, 그럴수록 단열 효과도 커지기 때문에 호수의 밑바닥은 한겨울에도 늘 4℃를 유지할 수 있다. 또 아무리 추운 날에도 소양호처럼 크고 깊은 호수의 수면은 좀처럼 얼지 않는다. 윗물이 얼려면 일단 호수

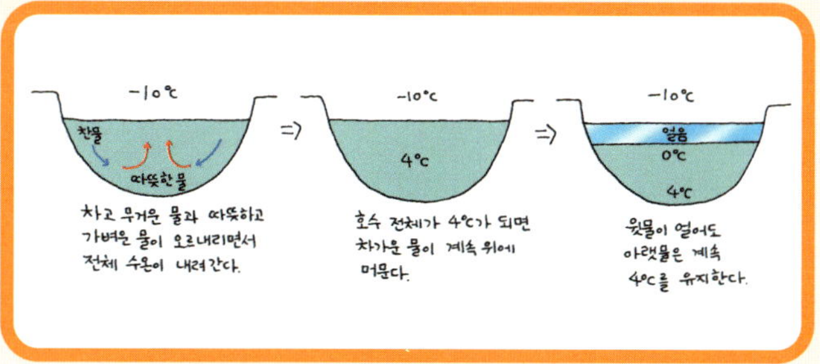

전체가 4℃가 되어야 하고 그러려면 굉장히 긴 시간이 필요한데, 그렇게 되기도 전에 벌써 겨울이 지나가버리기 때문이다.

만일 물이 4℃ 이하에서도 계속 비중이 커진다면 어떻게 될까? 그러면 얼음이 물보다 무거워지기 때문에 위쪽의 얼음이 계속 밑으로 가라앉을 것이다. 그리고 밑에서부터 쌓여 올라온 얼음이 호수를 가득 채워 호수의 생물들이 깡그리 멸종되어 버릴 것이다. 지구 전체의 생태계가 망가질 게 뻔한 그런 끔찍한 상황이 벌어지지 않는 것은 물이 부리는 신비한 '4℃의 마술' 덕분이다.

'빙산의 일각'은 전체의 몇 퍼센트?

빙산은 물 위에 드러난 부분보다 물 밑에 잠겨 있는 부분이 훨씬 더 크다. 눈에 보이는 부분보다 보이지 않는 부분이 더 많음을 뜻하는 '빙산의 일각'이라는 표현도 그래서 나왔다. 그렇다면 빙산의 일각은 실제로는 과연 전체 크기의 몇 퍼센트나 되는 것일까?

물질의 비중은 물을 기준으로 하여 측정된다. 물의 비중은 1이고, 어떤 물질의 질량과 물의 질량을 똑같은 부피에서 비교했을 때의 비율이 바로 그 물질의 비중이 된다. 물 1ℓ의 무게가 1kg인데 철 1ℓ의 무게가 7.8kg라면, 철의 비중은 7.8이 되는 것이다. 비중이 1보다 크면 물 속으로 가라앉고 1보다 작으면 그 차이만큼의 부피가 물 위에 뜬다. 가령 비중이 0.3인 물체를 물에 띄운다면, 그 물체의

30%는 물 속에 잠기고 나머지 70%만 물 위로 드러나게 되는 것이
다.

얼음의 비중은 약 0.92다. 그러므로 92%는 물 속에 잠기고
나머지 8%만이 물 위에 뜬다. 결국 우리 눈에 보이는 빙산, 즉 빙산
의 일각은 겨우 전체의 8%에 지나지 않는 것이다. 물컵 속에 띄운
얼음 역시 마찬가지로 92%는 물에 잠기고 8%만 물 위로 나오게 된
다.

< 빙산의 일각 >

얼음 위에서는 왜 잘 미끄러질까?

얼음은 아주 힘이 세지만 의외로 모양이 쉽게 변하는 성질
이 있다. 약간만 압력이 가해져도 그 부분이 금세 녹아서 물로 바뀌
어버리는 것이다. 얼음이 절대 녹을 리 없는 추운 날에도 스케이트
가 쭉쭉 미끄러지는 것은 우리의 몸무게(압력)로 인해 스케이트날
밑의 얼음이 녹으면서 물이 생겨서 윤활유 역할을 하기 때문이다.

이런 현상이 일어나는 이유는 압력에 따라 물의 끓는점과
어는점이 달라지기 때문. 평지(1기압)에서는 물이 100℃에서 끓고 0

℃에서 얼지만 기압이 낮은 산꼭대기에서는 100℃보다 더 낮은 온도에서 끓고 0℃보다 더 높은 온도에서 언다. 기압이 높은 곳에서는 반대로 100℃보다 더 뜨거워야 끓고 0℃보다 더 차가워야 얼게 된다.

몸무게의 압력 역시 기압이 높아지는 것과 마찬가지로 물의 어는점을 낮추는 작용을 한다. 압력을 받은 얼음은 0℃보다 더 낮은 온도라야 얼게 되고, 0℃에서는 더 이상 언 상태를 유지하지 못하게 된다. 그래서 스케이트날 밑의 얼음이 계속 녹게 되는 것이다. 하지만 스케이트가 지나가고 나면 압력이 사라지기 때문에 어는점이 원래대로 되돌아가서 곧바로 다시 얼어붙는다.

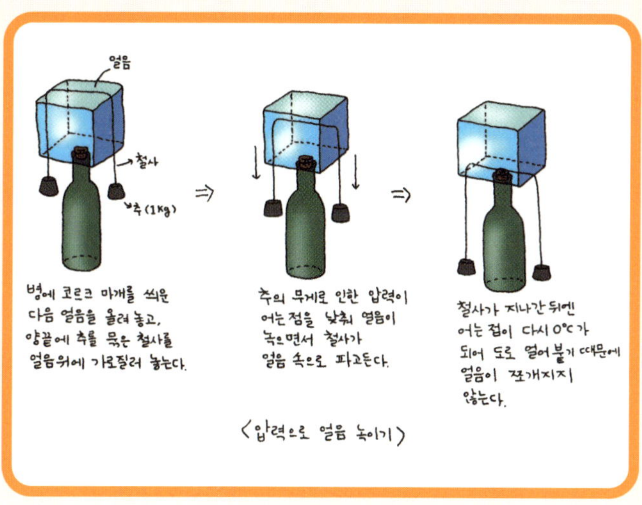

남극 물개는 몸길이 1.5~ 2m에 체중은 150~200kg 이며 수컷이 암컷보다 약간 더 크다. 수컷 한 마리가 4 ~5마리의 암컷을 거느리는 일부다처제 동물이다. 물개 의 피부는 언뜻 보면 매끈매 끈한 가죽 같지만 사실은 빳 빳한 털로 덮여 있으며, 안 쪽엔 부드러운 솜털이 있어 서 보온 역할을 해 준다. 남 극 물개는 조금만 훈련시키 면 주인을 알아볼 정도로 똑 똑한데, 그건 녀석들의 혈통 이 개와 사촌지간이기 때문.

표류하는 탐험대

"에이, 오늘은 겨우 스물일곱 마리밖에 못 잡았네."

노빈손이 엄청 거들먹거리며 의기양양하게 말했다. 옆에 서는 바비타가 몹시 풀죽은 얼굴로 고개를 푹 숙인 채 걷고 있었다. 얼마 전까지만 해도 사냥 나와서 노빈손을 구박하 는 재미로 살았는데, 요즘엔 상황이 완전히 역전되어버렸 던 것이다.

"우리 굼벵이 주방장님도 자그마치 열세 마리나 잡았는 데."

윽, 굼벵이라니! 눈썹을 꿈틀하는 바비타.

"죄송해요. 숯쟁이 아저씨. 제가 너무 조금 잡았죠?"

요게 점점! 주먹을 부르르 떠는 바비타.

"저는 바본가 봐요. 원래 머리 나쁜 사람이 사냥도 못하 거든요."

으드득—. 바비타의 입에서 심상치 않은 소리가 새어나 왔다. 이크! 노빈손이 잽싼 동작으로 멀찌감치 달아나면서 물개처럼 요란하게 콧구멍을 벌름거렸다.

물개는 식량과 연료를 동시에 얻을 수 있는 소중한 자원 이었다. 특히 물개의 풍부한 지방질에서 뽑아낸 기름은 혹 독한 남극의 겨울을 버텨야 하는 대원들에게는 황금보다도 소중했다. 다행히 얼음벌판 위에는 일광욕을 즐기는 웨들해의 물개들이 곳곳에 누워 있었다.

고래 역시 인간에게 고기와 기름을 제공해 주는 고마운 동물이었다. 얼음벌판 주변에는 남극 바다의 터줏대감인 고래들이 심심찮게 떠올랐다. 긴수염고래, 흑고래 그리고 가끔은 30m가 넘는 푸른 대왕고래가 수면 위로 고개를 내밀곤 했다. 뾰족한 코로 얼음을 헤치며 떠올랐다가 사라지는 흰줄박이돌고래도 있었다.

대원들은 하루종일 사냥을 하고 식량과 연료를 차곡차곡 마련하면서 시간을 보냈다. 노빈손의 사냥 실력이 늘면 늘수록 바비타는 점점 더 얼굴이 핼쑥해졌고, 나중엔 제발 자기 짝을 바꿔달라고 새클턴에게 통사정을 하기에 이르렀다.

그렇게 3월 한 달이 흘러갔다.

4월이 되자 해가 눈에 띄게 짧아졌다. 잠깐씩 떠 있는 해도 수평선에 거의 달라붙을 정도로 고도가 낮아진 상태였다. 물개와 펭귄들이 해를 따라 북쪽으로 이동하면서 사냥감도 가뭄에 콩 나듯 줄어들기 시작했다.

시간이 조금씩 지루하게 흘러갔다. 대원들을 실은 얼음벌판 역시 주변의 얼음과 한 덩어리로 엉겨붙은 채 천천히, 아주 천천히 흘러가고 있었다.

지구 최대의 동물, 대왕고래
대왕고래는 길이 30m에 몸무게가 무려 150톤이나 되는 지구 최대의 동물이다. 방금 태어난 아기 대왕고래의 덩치만 해도 7m에 2톤. 성장 속도도 무지하게 빨라서 한 시간에 4.5kg, 하루에 100kg, 한 달에 3톤씩 자라며, 생후 6개월이면 16m에 15톤 정도가 된다고 한다. 남극과 북극의 바다에 주로 살지만 고기와 기름을 얻으려는 인간들의 무분별한 사냥으로 인해 지금은 거의 멸종되어버린 상태다.

'죠스'가 상어를 대표하여 영화에 출연했다면, 고래를 대표하여 영화에 출연한 것은 향유고래다. 고래와 인간의 처절한 사투를 그린 영화 〈백경〉의 주인공이 바로 그 녀석. 머리가 몸통의 3분의 1이나 되는 향유고래는 21m 크기에 50톤의 체중을 자랑하며, 길이 10cm가 넘는 이빨 수십 개를 갖고 있다. 수심 1천 미터가 넘는 깊은 곳까지 잠수하다가 가끔 해저 통신케이블에 몸이 얽히기도 한다.

5월 1일. 섀클턴이 대원들을 항해실로 불러모았다.

"지금 우리는 해류를 타고 얼음떼와 함께 표류하고 있다. 앞으로 얼마나 더 멀리 흘러갈지는 아무도 모른다. 중요한 건……."

섀클턴의 표정이 엄숙하게 바뀌었다.

"우리 앞에 겨울이 왔다는 사실이다. 이제 곧 해가 사라진다. 그렇더라도 한치의 흔들림도 없이 꿋꿋하게 버텨 주기 바란다. 제군들은 자랑스러운 인듀어런스 호의 대원들이다. 무슨 말인지 알겠나?"

"옛!!"

이번에는 노빈손도 '아니오'라고 외치지 않았다. 그 역시 이젠 밀항자가 아니라 인듀어런스 호의 식탁을 책임지는 당당한 주방 보조였으니까.

며칠 뒤, 해가 마지막으로 수평선 위로 떠올랐다가 천천히 시야에서 사라졌다. 마침내 길고 긴 남극의 밤이 시작된 것이다.

처음 며칠 동안은 어스름한 빛이 남아 있었기 때문에 사물의 윤곽을 어느 정도는 알아볼 수 있었다. 하지만 이내 그 희미한 빛조차 완전히 사라졌다. 캄캄한 어둠 속으로 남극의 겨울 바람이 칼날처럼 매섭게 불어닥쳤다.

길고 어두운 남극의 밤

벨지카 호의 대원들 중에는 공포와 절망감으로 인해 정신병을 앓는 사람들이 많았다. 그들 중 한 명은 결국 목숨을 잃었는데, 사망 원인은 바로 '어둠에 대한 공포'였다. 동료들이 자기를 죽일지도 모른다는 터무니없는 두려움 때문에 늘 구석에 숨어서 지낸 사람도 있었고, 극심한 스트레스로 인해 일시적으로 벙어리가 되거나 귀머거리가 되는 사람도 있었다.

극지의 밤보다 더 완벽한 적막은 어디에도 없다. 하루이틀도 아니고 장장 몇 개월을 해가 없이 칠흑 같은 어둠 속에서 산다는 게 얼마나 고통스러운지 겪어보지 않은 사람은 모른다. 1898년에 남극에서 겨울을 보낸 '벨지카 호'의 대원들 중에는 절망과 공포로 인해 미치거나 목숨을 잃은 사람까지 있었다고 한다.

하지만 인듀어런스 호의 대원들은 누구도 낙담하거나 절망하지 않았다. 악명 높은 남극의 밤을 보내면서 그들은 오히려 더 명랑해지고 더 화기애애해졌다. 이겨낼 수 있다는 자신감과 서로에 대한 뜨거운 믿음이 그 비결이었다. 지난 6개월간의 항해를 통해 생겨난 대원들의 우정은 제아무리 매서운 남극의 칼바람으로도 결코 깨뜨릴 수 없었다.

6월이 되자 기온이 영하 30℃까지 떨어졌다. 하지만 갑판에서 바라보는 남극 바다의 풍경만은 이루 말할 수 없을 정도로 아름다운 것이었다. 맑은 날이면 별이 총총한 하늘 위로 둥근 달이 휘영청 떠올라 신비한 빛을 흩뿌렸다. 부드럽고 어렴풋한 달빛 아래서 얼음벌판은 마치 거대한 수정처럼 맑고 투명하게 반짝거렸다.

그렇게 겨울의 반이 지나갔다.

남극의 겨울 폭풍 블리자드는 초속 40m가 넘는 무시무시한 강풍이다. 이런 바람을 만나면 어린이는 물론이고 어른들도 힘없이 날려갈 수 있다. 실제로 1991년 여름에 이탈리아의 남극 기지에서 한 여자 대원이 바람에 날려가다가 동료 남자 대원 덕분에 구사일생으로 구조된 적이 있다고 한다. 남극에서 바람이 제일 강한 곳은 연평균 풍속이 초속 22.2m인 동남극의 커먼웰스 만.

휘이잉― 우르르르―.

바람과 함께 엄청난 폭설이 쏟아졌다. 풍속 100km는 너끈히 될 듯한 무시무시한 강풍. 그리고 사막의 모래폭풍처럼 맹렬하게 몰아치는 눈보라. 온도계의 눈금은 자그마치 영하 50℃를 가리키고 있었다. 매섭기로 악명 높은 남극의 겨울 폭풍 '블리자드'였다.

섀클턴은 배에서 1~2m 떨어진 도글루를 기준으로 그 이상은 절대 넘어가지 말라고 명령했다. 개에게 먹이를 주러 나간 대원들은 바람에 날려가지 않기 위해 얼음 위를 엉금엉금 기어다녀야 했다. 선실을 벗어난 뒤 단 1분만 지나도 눈과 입이 온통 눈으로 덮여 당장이라도 질식할 것만 같았다.

폭풍은 꼬박 3일 동안 멈추지 않고 이어졌다. 갑판 위에는 바람에 날려온 눈이 엄청난 높이로 쌓였고, 그 무게로 인해 배 전체가 평소보다 30cm나 더 낮게 가라앉았다. 눈에 짓눌린 갑판의 목재들이 마치 뭔가를 예언이라도 하듯 불길하게 삐걱거렸다.

6월이 가고 다시 7월이 찾아왔다.

"앗! 해다!!"

"해가 떴다. 드디어 해가 떴어! 다들 좀 나와 봐."

점심을 먹고 갑판 위로 올라온 대원들이 환호성을 지르며 동료들을 불러댔다. 수평선 위로 빠알간 해가 살짝 모습을 드러냈던 것이다.

오늘은 7월 26일. 지난 5월 초에 해가 수평선 너머로 사라진 지 꼭 80일 만이었다.

대원들은 너나없이 흥분한 얼굴로 서로의 손을 마주잡았다. 비록 아주 잠깐이었지만 해를 봤다는 사실만으로도 뭔가 새로운 희망이 싹트는 것 같았기 때문이다. 노빈손 역시 뙤침 맞은 사람처럼 펄쩍펄쩍 뛰며 바비타와 처음으로 감격의 포옹을 하고 있었다.

다가오는 최후

틱―.

틱틱―.

뭔가 이상한 소리가 사방에서 들려왔다. 냉동실에서 막 꺼낸 얼음을 콜라에 넣었을 때 나는 것 같은 짧고 불규칙한 소리였다.

도글루 근처에서 일광욕을 하며 꾸벅꾸벅 졸던 노빈손이 눈을 번쩍 뜨는 순간, 갑자기 발 밑이 지진이라도 난 것처럼 우르르 흔들렸다. 뒤이어 땅이 통째로 갈라지는 듯한 엄청난 굉음이 차가운 남극 하늘을 뒤흔들었다.

우지끈― 콰콰콰쾅―.

"으아앗!!"

비명을 지르며 나뒹구는 노빈손. 주위를 둘러보던 그의 눈이 마치 말숙이에게 뒤통수를 정통으로 얻어맞았을 때처럼 띠용 하고 튀어나왔다.

"허걱!!"

놀라운 일이었다. 조금 전까지만 해도 얼음 속에 박혀 있던 배가 어느 새 물 위에 둥둥 떠 있는 게 아닌가. 6개월 동안 배를 꽉 붙들고 있던 얼음벌판이 하필이면 배 바로 밑에서 두 쪽으로 쫘악 갈라졌던 것이다. 풀려난 배가 한쪽으로 크게 기우뚱거리는 바람에 갑판 위의 대원들이 정신없이 바닥으로 나동그라졌다.

"끌어올려! 빨리 개를 끌어올려!"

새클턴이 다급하게 지시를 내렸다. 얼음 위에 있던 대원들이 개들을 데리고 현문(배 옆구리에 나 있는 출입구)을 향해 허겁지겁 달려갔다. 바비타가 노빈손을 먼저 들여보낸 뒤 마지막으로 배에 올랐고, 그와 거의 동시에 얼음이 다시 서너 조각으로 갈라지며 크게 물보라가 일었다. 조금만 늦었어도 개와 대원들이 죄다 바다 속으로 빠질 뻔한 아찔한 순간이었다.

쩍— 쩌어억— 쩍.

한 번 쪼개진 얼음은 눈 깜짝할 사이에 수십, 수백 개의 조각으로 연속적으로 쪼개졌다. 다음 순간, 수많은 얼음 조각들이 맹렬한 기세로 배를 공격하기 시작했다. 집채만한 부빙 서너 개가 배의 전후좌우로 동시에 들이닥쳤고, 주변엔 그보다 훨씬 많은 부빙들이 빙빙 돌며 기회를 엿보고 있었다.

쾅! 쾅! 콰콰쾅—.

숨쉴 틈도 없이 이어지는 얼음떼의 공격. 대원들은 이리 넘어지고 저리 넘어지며 그 공격으로부터 벗어나기 위해 안간힘을 썼다. 해가 지고 기온이 떨어지면서 부빙들이 다시 자기들끼리 얼어붙은 덕분에 간신히 한숨을 돌렸지만 그건 일시적인 평화에 불과했다. 저녁 내내, 그리고 밤이

'펭귄(penguin)'이라는 독특한 이름은 어떻게 해서 생긴 걸까? '하얀 머리'를 뜻하는 프랑스 북서부 지방의 '빵 구인(pen gwyn)'이라는 말에서 비롯되었다는 주장이 제일 그럴듯하다. 하지만 옛날에 네덜란드 선원들이 썼던 '뚱뚱하다' 혹은 '바보'라는 뜻의 라틴어 '삥구이쓰(pinguis)'에서 유래했다는 주장도 있다. 또 불어나 라틴어가 아니라 오래된 영어 단어라는 주장도 있다.

펭귄은 남극의 추위와 바람을 어떻게 견딜까? 녀석들의 몸 1cm²에는 방수가 되는 깃털이 열 개 이상 겹쳐진 채 나 있다. 깃털을 눕히면 몸의 체온이 유지되고, 깃털을 세우면 열이 밖으로 빠져나간다. 또 촘촘한 깃털 밑에는 부드러운 솜털이 있고 피부 바로 밑엔 두터운 지방층이 있는데, 솜털이 머금은 공기층과 피부 밑의 지방층이 단열재 역할을 하며 체온을 지켜준다. 사람으로 치면 엄청 많은 옷을 잔뜩 껴입은 셈.

깊어가도록 대원들 중 그 누구도 입을 열지 않았다.

사흘이 지났다. 대원들은 매일매일 부빙의 공격을 피해 다니느라 거의 초죽음이 된 상태였다. 탈출할 구멍도 없고 숨을 구석도 없이 그저 일방적으로 도망다니기만 하는 암담한 상황. 그새 해가 조금씩 길어져서 낮이 세 시간으로 늘어났고 어스름한 여명도 7~8시간 가까이 이어졌지만 거기에서 희망을 느끼는 사람은 아무도 없었다.

그러는 동안에도 배는 얼음떼와 더불어 끊임없이 표류했다. 지난번 폭풍 이후 부쩍 강해진 남풍을 타고 이동한 거리는 북쪽으로 약 250km. 이제 바셀 만은 아득히 멀어졌지만 대원들에겐 그런 걸 생각할 겨를이 없었다. 어차피 지금 중요한 건 탐험이 아니라 생존이었으니까.

8월말이 되면서 기온이 영하 5℃ 안팎까지 맹렬한 기세로 올라가기 시작했다. 겨울이 한풀 꺾이고 있다는 신호였다.

침몰

남극의 봄이 다가오기 시작했다. 어느덧 하루 열 시간씩 해가 떠 있었고, 9월 중순엔 물 속에서 늘어나고 있는 플랑크톤이 그물 가득 실려 올라왔다. 봄이 코앞에 와 있다는 뚜렷한 증거였다.

하지만 인듀어런스 호는 여전히 유린당하고 있었다. 9월 말에는 어마어마하게 큰 부빙 하나가 뱃머리 바로 밑을 강타했다. 기우뚱거리며 치솟은 배가 마치 놀이동산의 바이킹처럼 수직으로 고꾸라졌고, 선실 천장의 두꺼운 목재가 지팡이의 손잡이처럼 심하게 휘어졌다.

그럴 때마다 대원들은 힘없이 사방으로 나뒹굴었다. 그들이 할 수 있는 일이라고는 바닥에 어지럽게 흩어진 물품들을 대충 정리하는 일, 서로 뒤엉키거나 뭔가에 깔린 채 낑낑대는 개들을 구해 주는 일, 혹은 불안한 표정으로 부빙의 다음 공격을 기다리는 일뿐이었다.

10월 24일. 빌딩처럼 거대한 부빙 하나가 오른쪽에서 다가오더니 뱃머리에서 뒷전까지 배 전체를 강하게 밀어붙였다. 잠시 후엔 또 왼쪽에서 다가온 부빙이 뾰족한 모서리로 배의 옆구리를 짓눌렀다. 인듀어런스 호는 마치 샌드위치 속에 낀 계란 프라이처럼 꼼짝달싹할 수 없는 절망적인 상태에 빠져버렸다.

두 개의 부빙은 가늠조차 할 수 없는 엄청난 힘으로 배의 숨통을 잔인하게 조여왔다. 끼익— 끼이익—. 괴로운 신음 소리와 함께 목재들이 쪼개지면서 배 안으로 물이 콸콸 쏟

펭귄은 환경에 적응하는 과정에서 날개가 퇴화하여 지느러미 비슷하게 변했다. 그래서 날지 못하는 대신 수영을 아주 잘한다. 녀석들의 몸은 수영하기에 제일 좋은 유선형. 또 뼈가 단단하고 속이 꽉 차 있기 때문에 물 위에 뜨지 않고 물고기처럼 물 속으로 자유로이 헤엄쳐 다닌다. 펭귄의 수영 속도는 시속 30km로 사람보다 네 배나 빠르며, 가끔 물 위로 뛰어올라 공기를 마시고 다시 뛰어드는 '돌고래 수영'을 한다.

남극의 황제펭귄은 엄마가
알을 낳으면 아빠가 두 달
동안 품어서 부화시킨다. 알
을 품은 수컷은 밥도 먹지
않고 자식을 지키기 때문에
나중엔 몸무게가 거의 절반
으로 준다고 한다. 이윽고
새끼가 태어나면 이번엔 그
동안 신나게 먹고 쉬면서 통
통하게 살찐 엄마가 다시 아
이를 맡아서 열심히 키우고,
아빠는 삐쩍 마른 모습으로
비틀비틀 먹이를 찾아다니
기 시작한다.

아져 들어오기 시작했다.

"악! 물이 들어온다!!"

누군가가 다급하게 외치며 갑판 위로 뛰쳐나왔다. 서너
명의 대원들이 즉시 펌프를 들고 물을 빼러 달려갔지만 물
이 쏟아져 들어오는 건 그쪽만이 아니었다.

"뱃머리 쪽 선창이 터졌다!!"

"엔진실에 물이 불어나고 있습니다아―."

"선실 물막이 공사가 필요하다! 지금 당장!!"

사방에서 터져 나오는 긴급한 비명! 대원들은 다들 이리
뛰고 저리 뛰며 물을 막기 위해 안간힘을 썼다. 배 안에 있
던 펌프들이 총동원되고, 담요란 담요는 모두 갈가리 찢긴
채 물막이용으로 쓰였다. 톱과 곡괭이를 들고 뱃전으로 올
라가는 대원들도 있었다. 사방에서 밀고 들어오는 얼음을
단 1cm라도 더 잘라내기 위해서였다.

대원들은 온몸에 경련이 일어날 정도로 쉴새없이 펌프질
을 해댔다. 하지만 끝없이 밀려드는 얼음들은 이미 배 전체
에 도저히 회복할 수 없는 깊은 상처를 내고 있었다. 배는
이리저리 휘어지고 부서지면서 고통스러운 몸부림을 거듭
했다. 마치 죽음을 코앞에 둔 가엾은 짐승처럼.

10월 26일. 얼음떼의 공격이 잠시 뜸해졌다. 새클턴은
즉시 모든 물품들을 얼음 위로 옮기라고 지시했다. 배를 포

기했을 경우에 미리 대비하기 위해서였다. 100m가 넘는 그 평평한 부빙 위라면 한동안은 대원들이 텐트를 치고 버틸 수 있을 것 같았다.

그날 저녁. 펭귄 열댓 마리가 배를 향해 뒤뚱뒤뚱 걸어왔다. 녀석들은 한동안 배를 묵묵히 쳐다보더니 갑자기 고개를 쳐들고는 섬뜩한 목소리로 애도하듯 울부짖었다.

끄아악— 끄아악—.

흡사 저승에서 들려오는 듯 오싹하고 괴기스러운 소리. 대원들은 물론이고 심지어는 남극의 베테랑인 새클턴조차 한 번도 들어본 적 없는 불길한 울음소리였다.

"저 소리 들었냐?"

바비타가 넋 나간 얼굴로 노빈손에게 물었다.

"저건 분명히 남극의 저주야."

"……"

"이젠 집으로 돌아가긴 다 틀렸어."

이 숯쟁이 아저씨가 방정맞게……. 노빈손은 막막한 가슴을 억지로 달래며 새클턴을 힐끗 쳐다보았다. 그가 바비타의 호들갑을 호되게 꾸짖어 주길 기대하면서.

하지만 새클턴은 입술을 지그시 깨문 채 노빈손의 눈길을 외면하고 있었다.

자정 무렵부터 다시 전쟁이 시작되었다. 대원들은 따갑고

펭귄은 온 동네 아기들을 죄다 모아놓고 교육을 시키는 습성이 있다. 이걸 '펭귄 유치원'이라고 하는데, 남극에는 무려 100만 마리의 아기 펭귄들이 우글거리는 거대한 유치원도 있다고 한다 (얼마나 시끄러울까?). 부모 펭귄은 그 많은 아기들 중에서 제 아기의 울음소리를 용케 구별하고 찾아가서 먹이를 주는데, 한꺼번에 주지 않고 조금씩 주면서 따라오게 만든다. 그렇게 해서 걷는 훈련을 시키는 것.

쓰린 눈을 감은 채 마치 태엽인형처럼 기계적인 동작으로 밤새 펌프질을 해댔다. 아침…… 정오…… 그리고 오후.

오후 4시. 배가 뒤틀리면서 앞갑판이 우지끈 쪼개졌다. 뱃고물이 6~7m나 위로 솟구쳤고 키가 뚝 부러져 밑으로 떨어져 내렸다. 배 안으로 들어온 물이 얼어붙는 바람에 무거워진 뱃머리가 아래로 잔뜩 기울었다. 작은 얼음 조각들이 그리로 우르르 밀려들어 왔고, 배의 앞부분이 그 무게에 짓눌려 물 속으로 완전히 가라앉았다.

새클턴은 이제 배를 포기해야 할 순간이 다가왔음을 깨달았다. 그는 잠시 하늘을 올려다본 다음 아직 가라앉지 않은 뱃고물 쪽으로 천천히 걸어갔다. 그리고는 그곳에 모여 있던 대원들에게 조용하게 말했다.

"다들 수고했어. 이제 그만 배에서 내리자구."

때는 1915년 10월 27일. 위치는 남위 69도 5부, 서경 51도 30. 사람이 살고 있는 가장 가까운 해양 기지에서 약 2000km 떨어진 곳이었다.

섀클턴의 슬픔

대원들은 얼음 위에 아무렇게나 쓰러진 채 잠이 들었다. 텐트를 쳐서 바람을 막긴 했지만 바닥에 깔 만한 건 아무것도 없었다. 얼음의 냉기를 이기려면 서로 꼭 끌어안고 체온으로 버티는 수밖에 없었다.

바비타를 껴안고 누워 있던 노빈손은 한동안 뒤척거리다가 새벽녘에 자리에서 일어났다. 앞으로의 일이 걱정되어 도무지 잠을 이룰 수가 없었던 것이다. 워낙 추운데다가 신경까지 예민해져서 그런지 먹은 것도 없는데 자꾸만 쉬가 마려웠다.

"끄응. 귀찮게시리!"

꿍얼거리며 텐트 밖으로 나온 노빈손의 눈에 누군가의 쓸쓸한 뒷모습이 보였다. 차가운 바람을 맞으며 어둠 속에 홀로 서 있는 그 사람은 다름 아닌 섀클턴이었다. 대장으로서 배를 끝까지 지켜내지 못했다는 자책감이 그를 몹시 괴

펭귄은 아주 질서정연한 동물이다. 겨울이 되어 얕은 바다가 얼기 시작하면 녀석들은 대장 펭귄의 지휘 아래 따뜻한 곳으로 이동하는데, 절대 우왕좌왕하지 않고 몇 줄로 길게 늘어선 채 질서 있게 걸음을 옮긴다. 수십만 수백만 마리의 펭귄들이 얼음 위에서 줄을 맞춰 행진하는 모습은 제복을 입은 대규모 군대의 행군보다도 훨씬 멋지고 장엄한 남극의 장관이다.

펭귄의 이동거리는 얼마나 될까? 최근 독일의 한 과학자가 남극 반도 '킹 조지' 섬에 사는 펭귄들의 몸에 전파 발신장치를 달고 녀석들의 이동거리를 측정했다. 그 결과 젠투 펭귄은 2백km가량 떨어진 다른 섬으로 이동했고, 친스트랩 펭귄(턱끈 펭귄)은 자그마치 1천6백km나 떨어진 사우스 샌드위치 군도까지 가는 것으로 밝혀졌다.

롭히고 있는 듯했다.

괴로울 만도 하지. 주방 보조인 나도 이렇게 괴로운데 하물며 대장이야 오죽할까…….

노빈손은 안쓰러움을 느끼며 슬며시 섀클턴의 곁으로 다가갔다. 그리고는 짐짓 명랑한 얼굴로 씩씩하게 말을 걸었다.

"대장! 잠 안 자고 뭐해요? 아침에 늦잠 자려구 그래요?"

요 녀석이? 섀클턴이 주먹으로 알밤 먹이는 시늉을 하며 빙그레 웃었다. 얼떨결에 참가한 애송이가 배를 지키기 위해 끝까지 최선을 다했다는 게 몹시 대견스러운 모양이었다. 지난 3일간 노빈손은 주방에서 제일 큰 솥단지 두 개를 양손에 들고 주방에 들어온 물을 죽어라 퍼냈던 것이다.

"힘내세요. 배는 좀 아깝지만, 돈 벌어서 또 사면 되잖아요."

섀클턴의 눈빛이 잠시 흔들렸다. 깜깜한 하늘을 올려다보며 두어 번 헛기침을 내뱉은 뒤, 그가 조용히 입을 열었다.

"배가 아까워서 그러는 게 아니다."

"그럼요?"

"내 꿈이 허무하게 무너진 게 슬픈 거지."

"……."

"13년 전 스코트 탐험대를 따라 남극에 왔을 때, 난 당시 세계 최고 기록인 남위 82도 15분까지 내려갔었지. 비록 남극점 정복엔 실패했지만."

"그랬었군요."

"6년 전에는 내가 직접 탐험대를 이끌고 남극점 바로 코 앞까지 갔었다. 하지만 그때도 역시 150km를 남기고 철수해야 했어."

"흐미, 아까운 거."

"그래도 난 여전히 포기하지 않고 세 번째 도전을 준비했지. 하지만 신은 끝내 내게 1등을 허락하지 않았어. 4년 전인 1911년에 아문센이, 그리고 한 달 뒤엔 스코트가 잇달아 남극점에 깃발을 꽂았거든."

새클턴의 눈길이 다시 허공으로 향했다. 라이벌들에게 영광을 빼앗긴 비운의 탐험가. 그 좌절과 슬픔이 노빈손에게도 오롯이 전해지고 있었다.

"그때부터 난 오직 한 가지 생각만을 하며 살았지. 아문센도 스코트도 감히 엄두를 내지 못했던 위대한 탐험. 바로 그게 남극 횡단이었어. 그런데 성공하기는커녕 이렇게 배까지 잃고 말았으니."

찌르르—. 노빈손의 가슴에 묵직한 아픔이 느껴졌다. 가없은 사람……. 하지만 지금은 위로보다는 자극이 더 필요한 시간이었다. 대원들의 운명이 그의 두 어깨에 달려 있지 않은가. 비록 배는 잃었지만 그는 여전히 탐험대를 이끌어 갈 대장인 것이다.

왕따 당한 섀클턴
섀클턴이 참가했던 1901~1902년의 스코트 1차 탐험 때 스코트와 윌슨은 남위 82도 17분까지 갔지만 섀클턴은 82도 15분까지밖에 가지 못했다. 스코트 대장이 섀클턴에게 텐트에 혼자 남아 있으라고 명령했기 때문. 섀클턴은 결국 혼자 텐트에서 개를 지키며 울분을 삭였고, 심술을 부렸던 스코트도 결국엔 남극점 정복에 실패하고 말았다. 섀클턴을 왕따시킨 벌?

날씨가 추워지면 인간의 몸은 체온을 유지하기 위해 여러 가지 시도를 한다. 대표적인 게 바로 근육을 부르르 떨어서 열을 발생시키는 것. 추울 때 오줌이 자꾸 마려운 것 역시 비슷한 이유다. 몸 속에 수분이 많으면 체온을 유지하기가 그만큼 어렵기 때문에 최대한 많은 물을 몸 밖으로 내보내게 되는 것이다. 이처럼 우리의 몸이 계속 일정한 상태를 유지하려고 하는 성질을 가리켜 '항상성'이라고 한다.

"대장! 정신 차려요. 지금 그런 애길 할 때가 아니잖아요. 어떻게든 대원들을 안전한 곳까지 이끌고 가야죠. 넋두리는 그 다음에 하라구요."

꿈틀! 새클턴의 눈썹이 파르르 떨렸다. 새파란 애송이에게 그런 충고를 듣는다는 게 은근히 자존심 상하는 모양이었다. 이쯤에서 끝냈으면 딱 좋으련만, 눈치 없는 노빈손은 기어이 상대의 화를 마저 돋우고 말았다.

"대장이면 대장다워야지 말야, 지금 때가 어느 땐데."

부르르─. 더 이상 참지 못하는 새클턴. 그의 눈이 가자미처럼 사납게 변하는가 싶더니 곧바로 벼락 같은 호통이 터져 나왔다.

"닥치지 못해?"

에그머니나! 노빈손은 질겁하며 후다닥 뒤쪽으로 물러섰다. 어찌나 놀랐는지 순간적으로 온몸의 힘이 빠지며 가랑이께가 뜨뜻하게 젖어왔다. 흑흑, 이럴 줄 알았으면 먼저 쉬부터 하고 나서 말을 거는 건데…….

"누가 탈출 안한대? 니가 안 시켜도 그렇게 할 거야. 건방진 애송이 같으니. 그렇게 똑똑하면 니가 대장해라. 입도 줄줄 새는 주제에."

으으, 새클턴 당신마저…….

노빈손의 몸이 추위에도 아랑곳없이 부글부글 달아올랐다.

다시 움직인 시계 바늘

새벽. 노빈손은 다시 자리에 누웠다. 아침에 먼길을 떠나려면 억지로라도 잠을 좀 자둬야 할 것 같았다. 대원들을 이끌고 이곳에서 5백여 킬로미터 떨어진 폴렛 섬으로 간다는 게 섀클턴의 계획이었던 것이다. 웨들해 서쪽의 남극 반도 끄트머리에 있는 그 섬에는 예전에 스웨덴의 탐험대가 만들어 놓은 작은 오두막 기지가 있다고 했다.

그토록 먼 거리를 추위와 싸우며 간다는 게 아득하긴 했지만 어쩔 수 없었다. 그나마 여기에서 제일 가까운 기지가 거기였으니까. 일단 인듀어런스 호에 실려 있던 작은 보트를 이용해 가까운 바닷가에 상륙한 다음 남극 반도의 해안선을 따라 섬까지 행군을 할 계획이었다.

"근데 아문센은 대체 어떻게 남극점을 정복했을까? 저토록 노련한 섀클턴도 두 번이나 실패했던 일인데. 어차피 과거로 올 거였으면 기왕이면 아문센한테 붙었으면 좋았을걸. 그러면 이런 지독한 고생은 안했을 거 아냐."

노빈손은 이런저런 생각을 하며 열심히 잠을 청했다. 추위로 인해 온몸의 뼈마디가 욱신거렸지만 요 며칠간 워낙 피곤했던 탓에 조금씩 졸음이 밀려오기 시작했다. 그리고 잠시 후, 노빈손의 입에선 또다시 엄청난 양의 수분이 졸졸 흘러나오고 있었다.

남극은 워낙 춥기 때문에 물질이 좀처럼 부패하지 않는다. 동물이 죽으면 썩지 않고 그대로 바싹 말라서 미라가 되는 경우가 대부분이다. 음식물 역시 마찬가지. 1955년에 라이핸이라는 사람은 50년 전의 남극 탐험대가 남겨놓은 빵을 발견하고는 맛있게 먹었다고 한다. 섀클턴이 스웨덴 탐험대의 옛 기지로 가려 한 것도 그곳에 남아 있을 지 모르는 식량을 염두에 둔 것.

샤클턴의 괴로움이 얼마나 컸는지는 그가 남긴 일기를 보면 알 수 있다. 1915년 10월 27일, 배를 포기하라는 명령을 내리기 직전에 그는 기관실에서 이렇게 적었다. '도저히 글로 표현할 수가 없다…… 뱃사람에게 배는 바다에 떠 있는 집 이상의 의미가 있다…… 비명을 지르고 부서지고 온몸에 지독한 상처를 입으면서, 인듀어런스 호는 천천히 삶을 포기하고 있었다.'

바로 그때, 어디선가 이상한 소리가 들려오기 시작했다.

끼리릭— 끼리리릭—.

몇 달 전에 라파누이의 바닷가에서 들리던 바로 그 시계 소리였다.

3

헉! 여기는 또 어디냐

"후르릅— 음냐리."

늘 그렇듯 엽기적인 방법으로 갈증을 해결하며, 노빈손은 잠에서 절반쯤 깨어났다. 눈곱이 본드처럼 눈꺼풀에 잔뜩 달라붙은 탓에 눈은 잘 떠지지 않았지만 그동안 쌓였던 피로는 어느 정도 풀린 것 같았다. 훈훈하고 따뜻한 공기가 온몸을 감싸고 있었고 이마엔 작은 땀방울까지 송글송글 맺혀 있었다.

"으음, 아침부터 왜 이리 날씨가 덥…… 오잉?"

노빈손이 흠칫 놀라며 입을 딱 벌렸다.

말이 안 되잖아. 어떻게 더울 수가 있지? 분명히 얼음 위

에서 덜덜 떨며 잠들었는데. 게다가 바닥은 또 왜 이렇게 푹
신푹신한 거야? 그새 누가 솜이불이라도 깔았나?

노빈손은 귀신에 홀린 듯한 기분을 느끼며 두 손을 황급
히 눈으로 가져갔다. 달라붙은 눈꺼풀을 억지로라도 떼어
내기 위해서였다.

두두둑!! 눈곱 떨어지는 소리에 이어 마침내 눈꺼풀이
위아래로 활짝 벌어졌다.

"허거걱!!"

이럴 수가! 제 눈을 의심하는 노빈손. 그가 누워 있는 곳
은 얼음 위의 허름한 텐트가 아니었다. 튼튼한 통나무 건물
의 네모반듯한 침실이었다. 난로 위의 주전자에서는 물이
부글부글 끓고 있었고, 창문 너머로는 드넓게 펼쳐진 빙붕
과 짙푸른 바다가 보였다. 남극 대륙의 바닷가 어디쯤인 게
분명했다.

"혹시 시계가 또?"

노빈손은 목에 걸려 있는 시계를 냉큼 집어들었다. 아니
나다를까. 바늘이 또다시 왼쪽으로 살짝 이동해 있었다. 이
동거리가 지난번보다 훨씬 짧은 걸로 봐서 이번엔 그리 먼
과거로 거슬러 오지는 않은 듯했다. 4년? 아니면 5년?

"천하의 고물딱지 같으니라구! 이거 완전히 제멋대로잖
아? 시도 때도 없이 이렇게 오락가락하면 날더러 대체 어
쩌라는 거야?"

하지만 투덜거린다고 고물이 보물로 바뀌는 건 아니다.
일단은 지금이 언제인지, 그리고 여기가 어디인지를 알아
내야 한다. 그래야 다음에 닥칠 일을 미리 예상하고 대책을
세울 수 있으니까. 집으로 무사히 돌아가려면 시계가 아무
리 말썽을 부리더라도 꾹 참고 끝까지 버티는 수밖에 없는
것이다.

“어젯밤에 내가 뭐라고 했더라? 맞아, 기왕이면 아문센
한테 갔으면 좋았을 거라고 했지. 그렇다면 여긴…… 아문
센의 탐험 기지로구나.”

노빈손은 가만히 생각에 잠겼다. 기왕 온 김에 아문센도
만나고 남극점도 한 번 구경해 봐야지…….

머리가 초고속 모터처럼 핑핑 돌아가며 뭔가 기막힌 아
이디어가 떠오를락말락하고 있었다.

같은 시각. 옆방에서는 건장한 사내 서너 명이 모여서 회
의를 하고 있었다.

“아직 안 깨어났나?”

“예. 금방 가봤는데, 여전히 폭포처럼 침만 흘리고 있습
니다.”

“대체 그 녀석은 정체가 뭐야? 누군데 남의 기지에 와서
자고 있는 거야?”

대장인 듯한 사내가 눈썹을 잔뜩 찌푸리며 퉁명스럽게

말했다. 훤칠한 키에 다부진 체격, 그리고 위엄 있는 콧수염. 뭔가 예사롭지 않은 분위기가 한눈에 느껴지는 인물이었다.

"글쎄요? 제 생각엔 아무래도 원주민 같습니다."

"남극에 원주민이 어디 있어? 북극에야 에스키모라도 있다지만."

"얼굴을 보면 압니다. 제가 지금껏 온 세상을 다 돌아다녔지만 저렇게 이상하게 생긴 녀석은 본 적이 없습니다. 아직까지 세상에 전혀 알려지지 않은 새로운 인종이 분명합니다."

"흠, 그럼 일종의 원시인인가?"

"내가 보기에도 진화가 좀 덜 된 녀석 같긴 했어요."

그때였다. 옆방에서 부스럭부스럭 인기척이 나는가 싶더니 복도에서 낯선 발소리가 저벅저벅 들려오기 시작했다. 대장 사내를 비롯한 사람들이 흠칫 고개를 돌리는 순간, 누군가가 문을 활짝 열며 모습을 드러냈다. 노빈손이었다.

"앗! 깨어났다."

"조심해! 성질이 사나울지도 몰라."

"대장, 피해요! 깨물지도 모릅니다."

이 사람들이 지금 뭔 소릴 하는 거야? 깨물긴 누가 깨문다고 그래? 노빈손은 뚱한 표정을 지으며 뚜벅뚜벅 방 안으로 들어왔다. 그리고는 엉거주춤 서 있는 사람들을 한번 둘러본 뒤 짤막하게 말했다.

"아문센 대장을 만나러 왔소."

어라, 말도 하네? 사람들의 눈빛이 뜻밖이라는 듯 게슴
츠레해졌다. 대장 사내가 앞으로 쓰윽 나서며 쏘는 듯한 눈
초리로 물었다.

"누군데 나를 찾지?"

아아, 바로 저 사람이구나. 사상 최초로 남극점 정복에
성공한 위대한 노르웨이의 탐험가 아문센이……. 뛰는 가
슴을 억누르며 가만히 입술을 핥는 노빈손. 그의 입에서 상
상을 초월하는 엉뚱한 대답이 튀어나왔다.

"난 조선의 독립운동가 노빈손이오."

나는 조선의 독립운동가

"그러니까 너를…… 아니, 당신을 이리로 보낸 사람이 우리 노르웨이의 국왕폐하란 말이오?"

"그렇다니까요."

"허허, 그거 참."

아문센은 도저히 못 믿겠다는 표정을 지으며 노빈손을 위아래로 훑어보았다. 저 허약해 보이는 애송이를 이리로 보낸 사람이 하필이면 지엄하신 국왕폐하라니? 그것도 청소부나 요리사도 아니고 탐험대의 정식 대원으로 받아들이라니? 대체 이게 무슨 말도 안 되는 상황이란 말인가.

"국왕께서 널…… 아니, 당신을 보낸 이유가 도대체 뭐요?"

"조선의 독립운동을 도와주기 위해서죠."

"독립이라니?"

"지금 조선은 일본의 식민지예요. 그래서 우리 순종 황제께서 일본 몰래 날 노르웨이 국왕에게 보냈어요. 조선이 독립할 수 있도록 도와달라는 편지를 주면서."

"그래서?"

"편지를 읽은 노르웨이 국왕이 그랬어요. 아문센의 탐험에 참가해서 함께 남극점을 정복하라구요. 그러면 전세계에 조선의 안타까운 상황이 널리 알려질 거고, 도와주는 나라도 그만큼 많아질 거라면서.”

“하지만 남극점은 아무나 가는 곳이 아니란 말이오.”

“걱정 말아요. 이래봬도 남극에 대해서는 엄청 빠삭하니까.”

“엥? 그럴 리가?”

“나아 참, 속고만 살았어요?”

노빈손은 못마땅한 얼굴로 자기의 남극 경험담을 떠벌떠벌 늘어놓았다. 웨들해의 여름과 겨울, 얼음떼의 공격과 푸딩 바다, 공포의 폭풍 블리자드……. 물론 섀클턴과 함께 겪은 일들을 적당히 부풀린 것이지만 아문센이 그걸 알 리 없었다. 지금 노빈손은 인듀어런스 호의 탐험 시기보다 더 과거로 거슬러 온 상태니까.

“이럴 수가!”

얘기를 듣는 아문센의 얼굴엔 놀라운 빛이 역력했다. 저런 애송이가 저토록 노련한 탐험가였을 줄이야. 웨들해는 나도 아직 한 번도 가보지 못한 미지의 바다인데. 역시 세상은 넓고 영웅은 많구나…… 라는 듯이.

노빈손은 노빈손대로 제 탁월한 잔머리에 새삼 감탄하는 중이었다. 앞뒤 사정으로 미루어볼 때 여기는 아문센의 남극점 탐험 기지가 분명하다, 어제 섀클턴이 했던 말에 의하면 지금은 4년 전인 1911년. 아문센은 미래의 일인 섀클턴의 탐험에 대해서는 당연히 아무것도 모른다, 그러니까 그

얘길 하면 당연히 속아넘어갈 수밖에 없다……. 바로 이게 그의 완벽한 계산이었던 것이다.

하지만 아문센이 혹시라도 국왕에게 사실 확인을 하면? 그것 역시 전혀 걱정할 필요가 없었다. 지금은 핸드폰도 없고 인터넷도 없는 20세기 초반이니까. 설마하니 남극에서 북유럽의 노르웨이까지 그 먼 길을 직접 오가며 확인을 할 리가 있겠는가.

결국 아문센은 노빈손의 거짓말에 꼼짝없이 당할 수밖에 없는 상황인 것이다.

노빈손의 침 튀기는 무용담은 무려 다섯 시간 동안 그치지 않고 이어졌다. 아문센은 모든 것을 다 곧이들으면서도 노빈손을 탐험대에 끼워주는 것만은 계속해서 꺼리는 눈치였다. 자기가 이미 세워놓은 계획에 차질이 생길지도 모르기 때문이다.

하지만 천하의 아문센도 결국엔 노빈손의 요구를 들어줄 수밖에 없었다. 위대한 탐험가 아문센의 고집을 꺾은 노빈손의 마지막 한 마디는 이런 것이었다.

"무조건 따르시오! 어명이오!!"

세기의 대결! 아문센 대 스코트

출발을 준비하는 과정에서 노빈손은 놀라운 사실을 알게 되었다. 이 부근에 아문센의 라이벌인 스코트의 탐험 기지가 있다는 것이다. 아문센의 기지가 있는 곳은 남극 대륙 동쪽의 로스 빙붕 위에 있는 '고래 만'. 그리고 스코트의 기지가 있는 곳은 북동쪽으로 100km 쯤 떨어진 로스 섬이었다.

"그러니까, 두 사람이 경주를 벌인단 말인가요? 누가 먼저 남극점에 도착하는지?"

"그런 셈이지."

"언제 출발하는데요?"

"곧. 겨울이 끝나자마자."

아문센이 무뚝뚝하게 대답했다.

스코트 얘기를 할 때면 그는 늘 얼굴이 딱딱하게 굳으면서 말투가 사나워지곤 했다. 상대가 위낙 강력한 라이벌이다 보니 생각만 해도 강렬한 승부욕이 솟구치는 모양이었다.

"원래 내 목표는 남극이 아니라 북극이었어. 탐험대가 타고 온 '프람 호'도 북극에 가기 위해 준비한 배였고. 그런데 도중에 생각이 바뀌었지."

"왜요?"

"2년 전에 미국의 탐험가 피어리가 북극점을 정복해 버

섀클턴의 위대한 항해 8, 위대한 실패

8월 30일, 엘리펀트 섬에 섀클턴이 직접 타고 온 구조선이 도착한다. 그리하여 단 한 사람의 희생자도 없이 대원들 전원이 구조된다. 28명이나 되는 탐험대가 장장 30개월 동안 조난되었다가 100% 무사하게 귀환한 것은 세계 탐험 사상 유례가 없는 일. 불굴의 용기로 절망을 이겨낸 섀클턴의 탐험 이야기는 '성공보다 위대했던 실패'로 인류 역사에 길이 남을 것이다.

렸거든. 쉽게 말해서 김이 새버린 거야. 남이 이미 갔던 곳을 뒤따라가는 건 재미가 없으니까. 그래서 목표를 곧바로 남극으로 바꾼 거지."

"그럼 이 경주는 누가 제안한 건가요?"

"그야 물론 내가 했지. 스코트 그 친구 지금쯤 엄청 열내고 있을걸?"

"왜요?"

"내가 남극으로 가려 한다는 걸 전혀 모르고 있었거든."

스코트는 1901년의 첫 남극 탐험 실패 이후 호시탐탐 재도전의 기회를 엿보고 있었다. 그러다가 1년쯤 전에 드디어 '테라노바 호'라는 멋진 배를 준비하여 남극으로 향했다. 그때까지만 해도 아문센의 '프람 호'는 북극으로 가는 걸로 알려져 있었는데, 항해 도중에 스코트에게 뜻밖의 전보가 전해졌던 것이다.

프람 호는 남극으로 갑니다.

— 아문센

전보를 읽은 스코트는 엄청 불쾌한 표정을 지으며 입을 꾹 다물어버렸다. 건방진 작자 같으니라구. 코딱지만한 노르웨이 출신의 촌뜨기가 감히 대영제국 최고의 탐험가인 내게 도전을 해? 이번 기회에 단단히 본때를 보여주마……

라는 듯이.

바로 이것이 오늘날 '세기의 경주'로 불리는 두 사람의 숙명적인 경주의 시작이었다.

"누가 이길 것 같아요?"

노빈손이 넌지시 물었다. 물론 노빈손은 이 경주에서 아문센이 이긴다는 걸 이미 알고 있다. 만화책에도 그렇게 나와 있었고 섀클턴도 분명 그렇게 말했으니까. 하지만 당사자인 두 사람은 미래의 결과를 모른다. 혹시나 자기가 패배하는 게 아닐까 하는 생각에 둘 다 엄청 신경이 곤두서 있을 게 분명했다.

"그걸 질문이라고 하냐? 당연히 내가 이기지."

"어째서요?"

"첫째, 출발 위치가 달라. 여기에서 남극점까지는 약 1,300km. 하지만 스코트의 기지에서 남극점까지는 1,400km야. 남극 탐험에서 100km는 거의 닷새에 해당하는 거리지. 당연히 내가 훨씬 유리하잖아?"

"그런데 스코트는 왜 거기에 기지를 차렸대요?"

"그야 멍청해서 그렇지."

아문센의 시큰둥한 대답. 그의 말대로 스코트는 이미 출발 지점에서부터 밀리고 있었다. 한 발짝이라도 더 남극점과 가까운 곳에 기지를 만들기 위해 오랫동안 조사를 벌였

아문센이 썰매와 스키의 중요성을 깨달은 건 '벨지카호' 탐험을 통해서였다. 그 탐험은 비록 죽어라 고생만 하다가 실패로 끝나버렸지만, 아문센은 그 와중에도 철저한 조사와 연구를 거쳐 각종 장비와 식량, 의류 등의 장단점을 낱낱이 파악했다고 한다. 그때의 경험이 훗날 스코트와의 경주를 승리로 이끈 원동력이었던 것. '실패는 성공의 어머니'라는 말은 영원히 변치 않을 위대한 진리다.

던 아문센과 달리, 스코트는 10년 전 첫 탐험 때의 출발 기지였던 로스 섬을 이번에도 별 생각 없이 출발 기지로 삼았던 것이다.

"두 번째 이유는 뭐죠?"

"교통 수단이 달라. 이번 탐험을 위해 나는 개를 100마리나 훈련시켜서 데려왔어. 녀석들에게 짐을 실은 썰매를 끌게 하고, 대원들은 스키로 이동할 거야. 얼음판에서는 뭐니뭐니해도 썰매와 스키가 최고거든."

"스코트는요?"

"그 친구는 멍청해서 그런 걸 모르지. 듣자하니 개는 겨우 30마리뿐이고 대신 말을 잔뜩 데려왔다고 하더군. 게다가 무거운 설상차(눈 위를 달리는 차)까지. 하지만 남극에선 말이나 설상차 따위는 아무짝에도 쓸모가 없어. 거추장스럽기나 하지. 그런 걸 깨달았을 땐 이미 때가 늦어 있겠지만."

흐흐흐—. 아문센은 음침한 미소를 흘리며 빙붕 너머 남쪽을 바라보았다. 노빈손이 보기에도 이번 경주는 확실히 아문센에게 훨씬 유리했다. 그가 스코트보다 준비도 더 꼼꼼했고 머리도 더 영리했던 것이다. 게다가 갑작스러운 전보로 스코트의 허를 찌른 걸 보면 심리전에서도 일단 이기고 들어가는 셈이었다.

"하긴, 그러니까 이겼겠지."

노빈손은 고개를 끄덕이면서도 한편으로는 은근히 아문센이 얄미운 마음이 들었다. 남달리 영리하고 똑똑한 사람을 보면 왠지 한 대 쥐어박고 싶은 게 그의 평소 마음이었던 것이다. 물론 행동으로 옮긴 적은 한 번도 없었지만.

운명의 날은 하루하루 다가왔다. 길고 어둡던 남극의 겨울이 서서히 물러가고 있었던 것이다. 9월초까지만 해도 영하 50~60℃를 오르내리던 강추위는 10월이 되면서 눈에 띄게 수그러들었고, 10월 중순부터는 온 사방에 봄기운이 완연했다. 이제 남은 건 단 하나, 아문센의 출발 명령뿐이었다.

10월 20일. 드디어 그 명령이 떨어졌다.

남극점을 향하여

"짐은 확실히 챙겼나? 썰매는 이상 없겠지?"

"없습니다아—."

대원들이 한 목소리로 씩씩하게 외쳤다. 겨울 내내 하루도 빠짐없이 점검해 온 튼튼한 썰매였지만 아문센은 돌다리를 두드리는 심정으로 다시 한 번 꼼꼼하게 상태를 확인

아문센은 1903~1905년의 북서 항로 개척 때에도 에스키모들의 생활 방식을 노트에 빽빽하게 기록하며 탐험에 필요한 교훈들을 배워 나갔다. 이글루 짓는 법을 직접 배웠고, 에스키모들의 옷을 얻어서 입고 다녔으며, 극지에서 체력을 유지하려면 어떻게 행동해야 하는지도 꼼꼼하게 관찰했던 것. 그 결과 그는 스코트보다 훨씬 힘을 덜 들이고도 남극점을 정복할 수 있었다.

했다. 오늘은 그가 꿈에도 기다리던 역사적인 출발의 날인 것이다.

식량과 연료를 실은 썰매는 모두 넉 대. 한 대에 13마리씩 총 52마리의 개들이 썰매를 끌고 남극점으로 가게 된다. 프람 호에 실려온 100여 마리 중에서 가장 힘이 세고 훈련이 잘된 최고의 썰매견들이었다.

탐험대의 인원은 아문센 대장을 포함하여 총 6명으로 짜여졌다. 물론 노빈손 역시 그 중의 한 명이었다. 처음엔 펭귄처럼 뒤뚱거리기만 하던 어설픈 스키 실력도 꾸준한 연습 덕분에 이젠 꽤 능숙해져 있었다.

"빈손, 복장이 그게 뭔가?"

탐험대의 준비 상황을 점검하던 아문센이 의아한 표정으로 물었다. 털가죽 외투 속에 여러 벌의 옷들을 툭툭하게 껴입은 다른 대원들과 달리 노빈손은 차림새가 엄청 허술했던 것이다. 옷을 든든히 입지 않고 외투만 대충 걸치고 있는 게 분명했다.

"예? 뭐가 어때서요?"

"어때서라니! 그렇게 입고 어떻게 추위를 견디려고 그래?"

"괜찮아요. 이 외투가 얼마나 두꺼운데요."

끄응—. 아문센이 신음을 내뱉으며 노빈손을 향해 도끼눈을 부라렸다.

"얼간이 같으니. 추운 곳에서는 두꺼운 옷 한 벌보다 얇은 옷 여러 벌이 훨씬 낫다는 걸 몰라? 다른 대원들을 좀 봐. 다들 대여섯 벌씩 껴입었잖아."

"하지만 그렇게 입으면 스타일이 망가지는데……."

맙소사! 남극 탐험하러 가는 녀석이 스타일을 따지다니. 아문센의 입에서 기어이 벼락 같은 호통이 터져 나왔다.

"지금 패션쇼 하러 가냐? 더 이상 망가질 스타일도 없는 주제에. 잔소리 말고 당장 가서 열 벌 더 껴입고 와."

귀청 떨어지겠네……. 노빈손은 뾰루퉁한 얼굴을 한 채 숙소로 들어갔다. 그리고는 이 방 저 방 돌아다니며 옷이란 옷은 죄다 걸쳐본 다음에 제일 마음에 드는 옷들을 골라 입었다. 그러길 무려 두 시간. 빵빵하게 변한 모습으로 뒤뚱

남극처럼 추운 곳에서는 합성섬유로 만든 옷을 입을 수가 없다. 추위로 인해 옷이 금세 망가져버리기 때문. 영하 60℃가 넘는 추위에도 견딜 수 있는 옷감은 목화솜으로 만든 면섬유, 동물의 털로 만든 모직물, 그리고 가죽뿐이다. 그렇다고 면 속옷과 털스웨터와 가죽점퍼만 달랑 입고 나섰다간 10분도 못 버티고 냉동인간이 된다. 남극에선 무조건 껴입는 게 최고.

시베리아나 북해도, 알래스카 등 추운 지방 사람들이 늘상 두툼한 털모자를 쓰는 데는 이유가 있다. 사람의 몸은 계속해서 외부로 열을 발산하는데, 그 중 80%가 머리를 통해 배출된다. 털모자로 머리를 덮으면 그 열을 계속 간직할 수 있기 때문에 추위에도 그만큼 잘 버틸 수 있는 것이다. 흔히 말하는 '머리에서 김이 모락모락 난다'는 표현엔 꽤 과학적인 근거가 있는 셈이다.

뒤뚱 숙소를 나서는 노빈손의 입가에 은밀한 미소가 슬그머니 피어올랐다.

"흥! 시키는 대로 열 벌 입을 줄 알았지? 천만의 말씀이라 이거야. 반항하는 의미에서 아홉 벌밖에 안 입었다구."

밖에서는 기다리다 지친 대원들이 둘씩 짝을 지어 묵찌빠를 하고 있었다.

노빈손의 복장 검사는 한 번으로 끝나지 않았다. 탐험하는 데 반드시 필요한 장비들을 한 가지도 제대로 갖추지 않았던 것이다. 그 이유도 아문센으로서는 하나같이 어안이 벙벙해지는 것들뿐이었다.

"털모자는 왜 안 써?"

"헤어스타일 망가지는데요."

"머리털도 없는 녀석이……. 당장 가서 쓰고 오지 못해?"

30분 뒤. 노빈손이 군밤장수 아저씨 같은 벙거지를 쓰고 어슬렁거리며 나타났다.

"마스크는 왜 빼먹었어?"

"답답해서 싫은데요."

"그럼 고글은?"

"그렇게 큰 안경을 쓰면 내 날카로운 눈빛이 가려지잖아요."

어휴, 말이나 못하면 밉지나 않지……. 아문센의 머리에서 김이 모락모락 솟아올랐다. 단 1분이라도 빨리 출발을 해야 하는 상황에서 이게 대체 뭐하는 짓이란 말인가. 그렇다고 이제 와서 노빈손을 떼어놓고 갈 수도 없고.

"잘 들어. 남극에서는 직사광선보다 더 무서운 게 눈과 얼음에서 반사되는 햇빛이야. 너처럼 맨얼굴로 다니다간 화상을 입는 건 물론이고 어쩌면 장님이 될지도 모른다구."

허걱! 장님이라니……. 노빈손은 질겁을 하며 후다닥 숙소로 달려갔다. 뒤에서는 아문센이 눈을 질끈 감은 채 주먹으로 가슴을 치고 있었다.

"어이구, 내 팔자야. 저런 한심한 녀석을 데리고 남극점까지 가야 하다니! 국왕폐하의 어명만 아니면 당장 내쫓아 버리는 건데."

마침내 모든 준비가 완전히 끝났다. 스키를 신고 일렬로 늘어선 탐험대원들은 비장한 표정을 지으며 동료들과 굳은 악수를 나누었다. 노빈손의 가슴이 마치 금방이라도 터져 버릴 것처럼 심하게 콩당거리기 시작했다. 스틱을 쥐고 있는 손바닥에서 장갑이 젖을 정도로 흥건하게 땀이 배어 나왔다.

과연 무사히 돌아올 수 있을까? 설마 얼음 위에서 냉동 인간이 되는 건 아니겠지? 이런, 내가 지금 무슨 방정맞은 생각을? 아문센이 남극점 정복에 성공했다는 건 말숙이만 빼고 누구나 아는 사실인데.

남극의 눈과 얼음이 반사하는 자외선에 오랫동안 노출되면 '설맹증'이라는 치명적인 눈병에 걸린다. 1902년 스코트의 1차 탐험 때는 스코트, 섀클턴, 윌슨 세 명 모두 고글을 쓰고도 설맹증에 걸려 엄청 고생을 했다. 만일 고글마저 쓰지 않았다면 셋 모두 장님이 되었을 게 분명하다. 얼음 세상인 남극의 자외선은 햇볕이 제일 강한 적도 지방보다도 훨씬 더 강렬하다.

북극이나 남극에서는 아주 멀리 떨어진 사람끼리도 대화를 나눌 수 있다. 맑은 날 주변이 탁 트인 곳에서 소리를 지르면 무려 1.5km나 떨어진 곳까지 들린다고 한다. 공기가 차갑고 밀도가 높아 음파가 잘 전달되는데다가, 주위의 미끄러운 얼음도 음파 이동을 도와주기 때문. 목소리가 유난히 큰 말숙이라면 10리 밖에 있는 노빈손에게도 잔소리를 퍼부을 수 있을 듯.

노빈손은 불안감을 떨치기 위해 크게 심호흡을 했다. 그리고는 알프스 산맥을 넘는 나폴레옹 같은 폼으로 한쪽 손을 높이 치켜들었다. 앞에 서 있던 아문센이 엄숙한 얼굴로 출발 신호를 막 외치려는 순간, 노빈손의 입에서 짤막한 한 마디가 우렁차게 터져 나왔다.

"출발!!"

윽! 아문센의 얼굴이 멍든 사과처럼 푸르죽죽하게 변했다. 오직 대장만이 내릴 수 있는 출발 명령을 저런 애송이가 가로채다니! 황급히 손을 내저으며 출발을 중지시키려 했지만 소용없는 일이었다. 어느 새 썰매견들이 힘차게 얼음 위를 내달리기 시작했던 것이다.

두두두두——.

로스 빙붕의 광활한 얼음 평원 위로 썰매 자국이 길게 그어지기 시작했다.

모르면 큰일나는 남극 생존법

남극은 지구에서 유일하게 원주민이 없는 대륙이다. 그것만 봐도 인간이 살아가기가 얼마나 힘든 곳인지를 쉽게 알 수 있다. 남극에서 노빈손처럼 옷차림을 허술하게 하고 다니다가는 탐험은커녕 1~2시간도 못 버티고 뻣뻣한 냉동인간이 되어버린다.

얼음의 땅 남극에서 무사히 살아남으려면 어떻게 해야 할까? 스키장에서도 요긴하게 써먹을 수 있는 '남극 생존법'을 소개한다.

두꺼운 옷 한 벌보다는 얇은 옷 여러 벌이 낫다

아무리 두꺼운 옷이라도 한 벌만 가지고는 추위를 막을 수 없다. 외부의 찬 공기가 옷에 닿으면서 계속해서 몸의 열을 빼앗기 때문이다. 그보다는 차라리 얇은 옷 여러 벌이 훨씬 효과적이다.

얇은 옷을 여러 벌 껴입으면 옷과 옷 사이에 공기층이 생긴

다. 그러면 열의 전달이 어려워져서 체온이 밖으로 빠져나가지도 않고, 밖의 냉기도 안으로 잘 전달되지 않는다.

오리털이나 거위털 파카가 따뜻한 것도 마찬가지 이유. 그런 옷들은 작은 솜털들 사이사이에 공기를 많이 머금기 때문에 열이 쉽게 이동하지 않는다.

몸에 물이 닿으면 죽음이다

극지에서는 절대 물에 빠지거나 물을 뒤집어쓰면 안 된다. 체온이 급속도로 떨어져서 자칫 목숨을 잃을 수도 있기 때문이다.

체온이 내려가면 우리의 몸은 빼앗긴 열을 보충하기 위해 근육을 떤다. 추울 때 몸이 덜덜 떨리거나 몸서리를 치는 것도 그 때문이다. 하지만 체온이 34℃ 이하로 떨어지면 몸서리마저 중단되고, 25℃ 이하가 되면 더 이상 생명을 유지할 수가 없다.

추운 곳에서 물에 빠졌을 때 제일 좋은 방법은 당연히 불을 피우고 몸을 녹이는 것. 만일 불을 피울 도구가 없다면, 즉시 옷을 홀랑 벗긴 다음 온몸을 마사지해서 체온을 끌어올려야 한다.

동상을 막아라!

추운 곳에서 피부를 제대로 감싸주지 않으면 동상에 걸리기 쉽다. 가벼운 동상은 약간만 치료를 하면 낫지만, 극지에서 동상에 걸리면 혈관이 파괴되고 세포가 산소 공급을 받지 못해서 썩어 들어가는 끔찍한 일이 생길 수도 있다.

피부가 추위에 노출되면 처음엔 혈관이 수축하면서 살갗이 창백해진다. 그러다가 혈관이 마비되면서 확장되어 살이 빨개지고, 나중엔 피가 몰리는 '울혈'로 인해 파랗게 변하면서 퉁퉁 붓는다. 울혈이 심해지면 혈관이 터지고 수포와 염증이 생기며, 더 진행되면 피부가 썩고 근육과 뼈까지 손상되기 때문에 상처 부위를 아예 잘라내야 한다.

동상을 막으려면 손가락 · 발가락 · 코끝 · 뺨 등 동상에 잘 걸리는 부위를 자주 문질러서 혈액순환을 도와야 한다. 피부에 습기가 많아지면 냉기가 빨리 전달되기 때문에 늘 건조한 상태를 유지해야 하며, 특히 양말과 신발을 잘 말려야 한다.

동상에 걸렸을 때는 미지근한 물에 깨끗이 씻은 후 약을 바르거나 마사지를 하는 게 좋다. 갑작스러운 온도 변화는 동상을 더 악화시키므로, 상처 부위를 너무 뜨거운 물에 담그는 것은 피해야 한다.

썬탠은 금물!

눈이 많이 쌓인 지역에서는 햇빛이 눈에 반사되기 때문에 다른 곳보다 자외선이 30~40% 가량 증가한다. 자외선 A를 오래 쬐면 피부가 검게 그을리고 자외선 B를 오래 쬐면 화상을 입는다. 세상이 온통 눈으로 뒤덮인 남극은 지구에서 자외선이 가장 강렬한 곳. 얼굴이 타는 건 물론이고 자칫하면 심한 화상을 입을 수도 있다.

화상 못지않게 위험한 게 바로 '설맹증'. 눈이 아프고 눈물이 나며 심한 경우엔 시력까지 떨어지게 되는 이 증세의 원인 역시 자외선이다. 남극에서 화상과 설맹증을 방지하려면 반드시 털모자와 마스크와 고글로 얼굴과 눈을 보호해야 한다. 그리고 여러분 역시 스키장에 갈 때는 썬크림을 충분히 바르고 고글도 꼭 써야 한다.

게으름뱅이와 느림보가 살아남는다

극지에서 부지런을 떠는 건 바보짓이다. 추위를 견디려면 몸에 최대한 많은 에너지를 비축해야 하고, 그러려면 가능한 한 움직임을 줄여야 하기 때문이다. 반드시 움직여야 할 경우에도 서두르는 건 금물. 땀을 흘리면 몸의 열을 빼앗기기 때문에 버티기가 그만큼 힘들어진다.

북극의 에스키모들은 절대 서두르지 않으며 지칠 때까지 일을 하지도 않는다. 우리의 기준으로 보면 그야말로 게으름뱅이들이고 느림보들이다. 하지만 그건 게으름이 아니라 오랜 경험에서 비롯된 극지 생활의 지혜일 뿐이다.

신비한 햇무리와 황홀한 오로라

탐험대의 전진은 순조로웠다. 남극에서는 개썰매와 스키가 최고라던 아문센의 예측이 정확하게 들어맞았던 것이다. 변덕스럽기로 소문난 남극의 날씨도 이번만큼은 별다른 심술을 부리지 않았다.

대원들은 하루에 딱 다섯 시간만 움직이고 나머지 시간엔 텐트에서 휴식을 취하며 체력을 조절했다. 아문센이 왕년에 북극의 에스키모들에게 배웠던 극지 생활의 지혜였다. 노련한 대장과 튼튼한 개들 덕분에 대원들은 과거의 그 어떤 탐험대보다도 빠른 속도로 앞으로 나아갈 수 있었다. 하루 평균 이동거리는 약 32km.

하지만 아문센은 날이 갈수록 얼굴이 핼쑥해졌다. 노빈손이 출발 명령을 가로챈 것으로도 모자라 이젠 아예 노골적으로 대장 자리를 넘봤기 때문이다. 뭔가 명령을 내리려고만 하면 번번이 그걸 눈치채고 잽싸게 새치기를 하는 바람에 아문센은 단 한 번도 제대로 대장 노릇을 수행할 수가 없었다. 나중엔 개들까지 노빈손을 대장으로 여기고 아문센의 말을 무시할 정도였다.

“어이, 빈손. 저 똥개들 좀 빨리 출발시켜.”

아문센이 시무룩한 얼굴로 노빈손에게 말했다. 휴식을

시베리아가 원산지인 허스키는 영화로도 우리에게 친숙하다. 〈늑대개〉와 〈스노우 독스〉에 나오는 잘생긴 개가 바로 허스키. 허스키는 추위엔 강하지만 더위엔 아주 약하다. 또 무조건 앞만 보고 달리는 본능 때문에 걸핏하면 가출을 하는 습성이 있다. 그것도 혼자가 아니라 동네 개들을 다 데리고 집단 가출을 하는 걸로 유명하다. 이웃에 허스키 기르는 집이 있으면 조심하세요!

마치고 다시 썰매를 출발시켜야 하는데 개들이 도무지 말을 듣지 않았던 것이다. 스틱을 휘두르며 서너 번이나 출발을 재촉했지만 개들은 들은 척도 하지 않고 벌러덩 드러누운 채 눈만 멀뚱거렸다. 대장도 가만히 있는데 왜 니가 설치냐는 듯이.

"흠, 그럴까나?"

노빈손은 엄청 건방진 표정으로 고개를 끄덕였다. 그리고는 마치 황제라도 된 것 같은 폼으로 두 팔을 치켜들며 근엄한 목소리로 명령을 내렸다.

"충성스런 나의 견공들아! 아문센 대원이 출발을 원하는구나. 어서 일어나서 발바닥에 땀이 나도록 얼음 위를 달려다오."

컹컹컹!

썰매견들이 일제히 힘차게 짖어대며 몸을 일으켰다. 우하하하ㅡ. 호탕하게 웃으며 스키를 타고 달려나가는 노빈손. 대원들이 아문센의 눈치를 힐끔 살피더니 이내 고개를 설레설레 저으며 노빈손의 뒤를 따라 출발했다. 아문센은 금방이라도 울 것 같은 불쌍한 표정을 지으며 느릿느릿 맨 꼴찌로 대원들을 쫓아갔다.

"우왓! 저게 뭐야?"

신나게 달리던 노빈손이 갑자기 입을 딱 벌리며 스키를

멈추었다.

츠츠츠춫―. 개들 역시 대장(?)을 따라 즉시 달음박질을 멈추었고, 나머지 대원들도 의아한 표정을 지으며 덩달아 그 자리에 멈춰 섰다. 대체 저 녀석이 또 무슨 짓을 하려고 저러는 거지?

노빈손의 눈길이 머문 곳은 하늘이었다. 해가 낮게 떠 있는 지평선 위로 더없이 신기하면서도 아름다운 광경이 펼쳐지고 있었다. 햇무리! 태양 둘레에 무지개 빛깔의 둥근 띠 10여 개가 동심원을 그리며 눈부시게 빛나고 있었던 것이다. 더 놀라운 건 태양의 양쪽에 작은 꼬마 태양들이 하나씩 떠 있다는 점이었다.

노빈손은 넋 나간 표정으로 그 광경을 바라보았다. 세상에, 아무리 남극이 신기한 곳이라지만 해가 세 개나 뜰 줄이야……. 맨 뒤에서 쫓아오던 아문센이 노빈손 옆에 도착한 건 바로 그때였다.

"빈손, 왜 그렇게 바보처럼 입을 벌리고 있지?"

"저 하늘 좀 봐요. 우와, 어떻게 저런……."

"난 또, 저런 거 처음 봐? 환일 현상이잖아."

아문센은 멀뚱한 얼굴로 노빈손을 쳐다보았다. 남극 전문가라고 침이 튀도록 자랑을 하던 녀석이 왜 저걸 보고 놀라느냐는 듯한 표정이었다. 이크! 노빈손은 재빨리 눈알을 굴리며 생각에 잠겼다. 내가 지금 이렇게 촌뜨기처럼 굴 때

세계적으로 인기 있는 스포츠인 개썰매 경주는 원래 1908년에 알래스카에서 금을 캐던 광부들이 심심풀이로 즐기던 도박 게임에서 유래한 것. 처음엔 일부 지역에서만 즐겼지만 1925년에 디프테리아 혈청을 운반한 허스키들의 거룩한 희생이 알려지면서 널리 퍼지게 되었다. 요즘엔 우리 나라에서도 강원도 태백 등지에서 겨울에 개썰매 대회가 가끔 열린다.

환일 현상은 햇빛이 공기중의 얼음 알갱이들에 의해 흩어지면서 발생한다. 해 주위의 둥근 햇무리, 해 양쪽의 꼬마 태양, 해 아래쪽의 해기둥, 안개 속의 반원형 무지개 등이 대표적인 환일 현상이며, 때로는 그 모든 것들이 동시에 나타날 수도 있다. 남극에서는 10여 개의 꼬마 태양과 15개의 둥근 테두리가 한꺼번에 발견된 적도 있다고 한다.

가 아니지.

"처, 처음 보다뇨? 그럴 리가 있나요. 나도 잘 알아요. 하닐 현상!"

하닐이 아니라 환일인데? 뭐 이런 띨띨한 녀석이 다 있어? 아문센의 눈초리가 점점 더 의심스럽게 변했다. 노빈손은 궁지에서 벗어나기 위해 짐짓 아양을 떨며 허겁지겁 말꼬리를 돌렸다.

"대장님! 저런 시시한 거 구경할 시간 없어요. 빨리 가요, 네? 대장니임―."

"응? 으응."

두두두두―. 개들이 다시 내달리기 시작했다. 물론 이번에도 출발 명령은 노빈손이 내렸지만 아문센은 전혀 슬퍼하지 않았다. 아니, 슬퍼하기는커녕 기쁨과 감격으로 인해 자꾸만 목이 메어오는 중이었다.

"분명히 대장님이라고 불렀어. 분명히 내가 대장이야. 흑흑, 그러면 그렇지."

출발 이후 처음으로 아문센의 얼굴에서 불쌍한 빛이 말끔히 가셨다.

저녁이 되자 대원들은 드넓은 얼음 평원 위에 텐트를 치고 일찌감치 잠자리에 들었다. 오늘은 10월의 마지막날. 지난 열흘 동안 약 300km를 전진했지만 앞으로 가야 할

길은 그보다 몇 배나 더 멀고 험난할 것이었다.

"으휴, 도저히 못 참겠네."

노빈손이 얼굴을 잔뜩 찡그리며 자리에서 부시시 일어났다. 벌써 몇 시간째 소변을 참은 탓에 아랫배가 풍선처럼 빵빵하게 부풀어 있었다.

아무래도 난 남들보다 오줌보가 작은가 봐…… 꿍얼거리며 텐트 밖으로 나오던 노빈손의 입이 별안간 아까보다 두 배는 더 크게 활짝 벌어졌다.

"헉!"

저럴 수가! 하늘이 온통 불타고 있잖아…….

노빈손의 눈빛이 마치 꿈을 꾸는 사람처럼 몽롱하게 변했다. 밤하늘이 온통 총천연색으로 뒤덮인 채 마치 레이저 쇼를 하듯 휘황찬란하게 빛나고 있었던 것이다. 초록, 보라, 빨강, 파랑, 그리고 노랑. 보름달보다도 더 환하게 남극의 밤을 밝히고 있는 찬란한 원색의 향연. 마치 거대하고 화려한 커튼을 하늘에서 땅으로 길게 늘어뜨린 것 같았다. 당장이라도 숨이 막힐 듯한 황홀하고 놀라운 풍경이었다.

"그래, 틀림없어. 저건 오로라야."

오로라! 태양의 빛과 지구의 공기가 함께 빚어내는 남극 최고의 신비. 노빈손은 지금 말로만 듣고 만화책으로만 보던 그 꿈 같은 장면을 직접 보고 있는 중이었다. 오로라가 완전히 사라지기까지 30여 분간, 노빈손의 입은 단 한 번

오로라(극광)는 저녁노을 같은 기상 현상이 아니라 태양 빛에 의해 생겨나는 광학 현상이다. 커튼형, 아치형, 방사선형 등 다양한 형태를 지니고 있으며, 색깔과 모양이 시시각각으로 변하면서 밤하늘을 온통 황홀한 꿈의 세계로 바꿔 놓는다. 직접 본 사람들의 말에 의하면, 인간의 언어로는 도저히 그 아름다움을 표현할 수 없을 정도라고 한다(글쓴이도 아직 못 봤음).

오로라는 원래 로마 신화에 나오는 새벽의 여신이다. 고대 로마인들은 오로라를 '하늘의 불'이라고 부르며 불길하게 여겼고, 고대 중국의 천문대 기록에는 '하늘의 개'로 표현되어 있다. 뉴질랜드에서도 가끔 오로라가 보일 때가 있는데, 뉴질랜드의 원주민 마오리족은 그걸 '타후 누이 아 랑기'라는 이름으로 불렀다고 한다. 우리말로 '하늘이 온통 불탄다'는 뜻.

도 닫히지 않고 계속해서 동굴처럼 딱 벌어져 있었다.

"아깝다. 사진이라도 찍어 둘 걸."

노빈손은 못내 아쉬운 표정을 지으며 길게 오줌을 누었다. 부르르 몸을 떨며 돌아서는 그의 귀에 뭔가 끼끼거리는 소리가 들렸다. 개 몇 마리가 인기척을 느끼고 잠에서 깨어난 모양이었다.

"녀석들. 추운데 수고가 많구나. 내일은 아문센 대원을 시켜서 맛있는 먹이를 줄게."

말이 떨어지기가 무섭게 뒤쪽에서 쿵! 소리가 들려왔다. 때마침 쉬를 하러 나왔던 아문센이 노빈손의 말을 듣고 그만 충격을 받아서 빙판 위에 쓰러져버렸던 것이다.

"으으― 날더러 개밥이나 주라고? 흑흑, 국왕폐하……."

아문센의 얼굴이 또다시 예전처럼 불쌍하게 변하고 있었다.

11월의 첫날 탐험대는 로스 빙붕의 중간 지점을 통과했다. 이제 온 만큼만 더 가면 남극 대륙을 남북으로 가로지르는 우람한 '남극종단산맥'이 나타날 것이었다. 남극점은 그 가파른 산맥 너머에 펼쳐진 평평한 '남극 고원' 위에 있었다.

같은 날, 스코트가 대원들과 열 마리의 말을 이끌고 기지를 떠나 남극점으로 향했다. 라이벌인 아문센보다 11일이나 늦은 출발이었다.

저것은 정녕
선녀의
치마자락인감?
휘황찬란~
뭐?!
대장?
어휴~
대장님은
오로라도
몰라요?
오로라공주
할때 그
오로라?

아름답고 신비한 남극 하늘

남극 하늘에서는 다른 곳에서 볼 수 없는 신비한 현상들이 자주 일어난다. 원인은 공기 중의 얼음 결정(알갱이)들이다. 남극의 대기에는 미세한 얼음 알갱이들이 많이 섞여 있으며, 구름도 수증기가 아닌 얼음 결정들로 이루어져 있다. 햇빛이나 달빛이 그 알갱이들에 의해 반사되고 꺾이고 흩어지면서 독특한 광학 현상들을 만들어내는 것이다.

대체 태양이 몇 개야? 환일 현상

맑은 날 얼음 알갱이들이 대기 중에서 햇빛을 산란시키면 노빈손이 본 것과 같은 '환일 현상'이 일어난다. 태양이 여러 개로 보이기도 하고, 태양 둘레에 여러 개의 테두리들이 동심원을 그리며 햇무리를 이루기도 하며, 태양 밑에 옅은 빨강이나 옅은 노랑색의 '빛 기둥'이 생겨나기도 한다. 안개 속으로 멋진 무지개가 나타날 때도 있다.

꼬마 태양들은 공기 중의 얼음 결정에 햇빛이 반사되면서 생겨난다. 햇무리가 생기는 건 햇빛이 얼음 결정을 통과할 때 얼음이 프리즘 역할을 하면서 빛을 산란시키기 때문이다. 환일 현상은 바닷가가 아닌 얼음 평원 위에서 주로 나타나며, 달이 떴을 때도 이와 비슷한 '환월 현상'이 종종 일어난다.

밤하늘의 레이저 쇼! 오로라

오로라 역시 태양과 공기의 합작품이다. 태양은 전기를 띤 입자를 우주 공간으로 내보내는데 이를 '플라스마'라고 한다. 그리고 플라스마의 흐름을 '태양풍'이라고 한다. 태양풍은 대부분 지구의 자기권 밖으로 비껴가지만 일부는 자기권을 뚫고 들어온다. 극지

상공에 도착한 플라스마는 공기 입자와 부딪쳐 빛을 내게 되는데, 그게 바로 오로라 현상이다.

　　오로라의 빛깔이 다양한 건 부딪치는 공기의 성분에 따라 파장이 달라지면서 서로 다른 빛을 내기 때문이다. 플라스마가 질소와 부딪치면 보라색이 되고 산소와 부딪치면 붉은색과 녹색을 띤다. 레이저쇼처럼 화려하고 찬란한 오로라는 지상으로부터 100km 이상 떨어진 높은 곳에서 발생하며, 10~30분이 지나면 다시 사라진다.

　　남극에는 오로라가 자주 발생하는 지역이 따로 있다. 지자기 남극점(남위 78도 30분, 동경 111도)을 중심으로 한 반지름 3천 킬로미터의 그 원형지대를 '오로라 지대'라고 부른다.

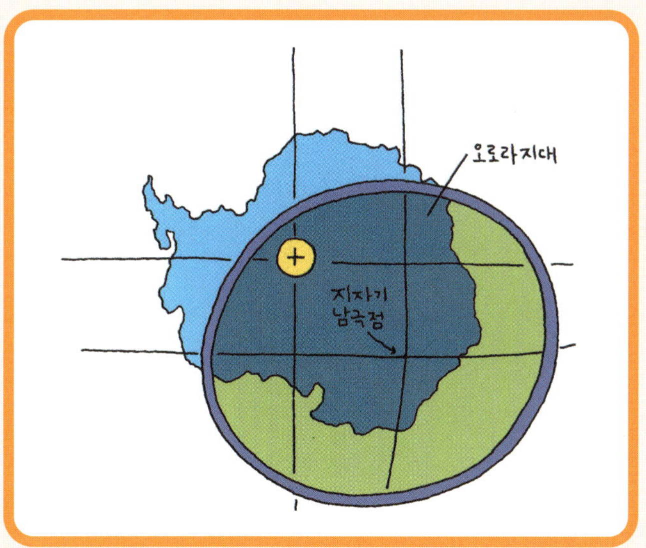

세상이 사라졌다! 화이트 아웃

날씨가 흐리면 남극에서는 아주 이상한 일이 종종 벌어진다. 조금 전까지만 해도 분명히 보이던 물체들이 갑자기 사라지면서 눈앞이 하얗게 변해버리는 것. 온 세상이 아득한 빛 속으로 사라져버리는 이 현상을 '화이트 아웃(백시 현상)'이라고 한다.

왜 이런 일이 일어날까? 원인은 구름이다. 남극의 햇빛은 눈과 얼음에 반사되어 하늘로 되돌아간다. 그런데 구름이 넓게 끼여 있으면 그 반사광이 구름에 반사되어 다시 내려오고, 그 빛이 또다시 눈과 얼음에 의해 반사된다. 이런 과정이 되풀이되면서 주변이 온통 빛투성이가 되어 물체의 형상들이 환한 빛 속으로 깡그리 사라지게 되는 것이다.

화이트 아웃이 일어나면 세상이 다시 보일 때까지 꼼짝말고

기다려야 한다. 섣불리 움직이다간 크레바스에 빠지거나 절벽에 부딪칠 위험이 높기 때문이다. 1958년에는 미국의 헬리콥터 조종사가 화이트 아웃 때문에 방향을 잃고 추락하여 목숨을 잃기도 했다.

앗, 속았다! 신기루

〈로빈슨 크루소 따라잡기〉에 나왔던 신기루의 원리를 기억하는가? 찬 공기와 더운 공기의 경계면에서 공기의 온도 차이와 밀도 차이로 인해 빛이 꺾이면서 생기는 허깨비 현상! 남극 역시 마찬가지다. 아래쪽 공기는 차갑고 위쪽 공기는 덜 차갑기 때문에, 남극을 탐험하는 사람들은 거의 예외 없이 신기루를 한두 번씩 경험하게 된다. 거대한 빙산이 공중에 둥둥 떠 보이기도 하고, 먼 곳에 있는 기지의 모습이 전혀 엉뚱한 곳에 나타나기도 한다.

또 한 가지 조심해야 할 것은 거리에 대한 착각이다. 언뜻 보기엔 가까운 것 같아도 실제로는 서너 배나 멀리 떨어져 있는 경우가 많기 때문이다. 공기가 차고 건조한데다가 매우 깨끗하기 때문에 거리 감각에 혼란이 일어나서 발생하는 현상이다.

공포의 함정! 크레바스

"와! 드디어 보인다."

"야호!"

대원들이 일제히 환호성을 지르며 걸음을 멈추었다. 저 만치 앞에 남극종단산맥이 희미하게 모습을 드러냈던 것이다.

오늘은 출발한 지 꼭 3주째인 11월 11일. 산맥이 보인다는 건 로스 빙붕을 거의 다 건넜다는 뜻이고, 그건 이번 탐험의 3단계 코스 중 제1코스를 무사히 통과했음을 의미했다.

"제군들!"

아문센이 엄숙한 표정으로 입을 열었다.

"이제 며칠 후면 산맥 앞에 도착한다. 저 산맥에는 아직 이름이 없다. 우리가 이름을 붙여주도록 하자."

모처럼 보이는 대장의 위엄. 대원들은 다들 눈을 빛내며 아문센의 말에 귀를 기울였다. 물론 노빈손과 개들은 빼고.

"내 생각엔 우리 노르웨이 왕비마마의 이름을 따서 '퀸 모드 산맥'이라고 하는 게 좋을 것 같다. 제군들 생각은 어떤가?"

"좋습니다!"

"대찬성입니다!!"

대원들은 입을 모아 환호성을 질러댔다.

"왕비마마 만세! 국왕폐하 만세!!"

바로 그때, 노빈손이 느닷없이 딴지를 걸고 나섰다.

"난 반대올시다!"

올시다? 요런 시건방진 녀석이……. 아문센이 눈을 부라리며 물었다.

"왜?"

"난 저 산맥을 '말숙 산맥' 이라고 불렀으면 하오."

"말쑥? 그게 뭔데? 산나물의 일종인가?"

"어허! 사람한테 산나물이라니! 그것도 여자한테."

"여자 이름이라구? 그럼 조선의 왕비?"

"왕비는 아니지만…… 어쨌든 아주 고귀한 신분을 지닌 여성이오."

"글쎄, 그 신분이 뭐냐구."

"내 여자친구요."

맙소사! 이런 맹랑한 녀석을 봤나. 겨우 자기 여자친구를 지엄하신 왕비마마와 견주려 하다니. 아문센은 더 들을 것도 없다는 듯 콧방귀를 끼며 우렁차게 외쳤다.

"제군들! 가자! 퀸 모드 산맥을 향해서!"

두두두두─. 탐험대가 다시 힘찬 전진을 시작했다. 바로 그 순간, 아문센은 뭔가 아주 중요한 사실을 깨닫고 온몸을 부르르 떨었다.

"드디어 해냈어! 처음으로 개들이 내 말을 들었어! 흑흑,

남극 같은 미지의 대륙에서는 산이건 호수건 제일 먼저 발견한 사람에게 이름을 붙일 자격이 주어진다. 자기 이름을 붙이건, 존경하는 사람의 이름을 붙이건, 아니면 원수의 이름을 붙이건 그건 오로지 발견자 마음이다. 스코트는 1차 탐험 당시 남극 종단산맥 부근의 봉우리에 '마컴 산' 이라는 이름을 붙였는데, 그건 스코트를 각별히 아꼈던 영국 왕립지리학 회장의 이름이었다.

거봐. 내가 대장 맞다니까."

아문센의 얼굴에 웃는 건지 우는 건지 분간이 안 되는 커다란 감격의 빛이 떠오르고 있었다.

5일 뒤인 11월 16일, 드디어 탐험대는 남극종단산맥의 기슭에 도착했다. 대원들은 짐을 줄이기 위해 딱 30일분의 식량만 썰매에 싣고 나머지는 눈 속에 묻었다. 그때까지도 스코트 일행은 로스 빙붕 위를 힘겹게 달리고 있었다.

얼어붙은 산비탈을 오르는 일은 평탄한 빙붕을 지나오는 것과는 비교도 할 수 없을 정도로 힘들고 위험했다. 한 걸음이라도 삐끗했다간 꼼짝없이 절벽 밑으로 굴러서 눈사람이 될 판이었다.

제일 무서운 건 얼음과 얼음 사이의 틈새인 크레바스였다. 산비탈을 따라 흘러내리는 빙하 곳곳에는 깊이가 수십 미터에 이르는 까마득한 틈새들이 곳곳에서 괴물처럼 입을 벌리고 있었다. 눈으로 살짝 덮여 있는 크레바스의 입구에 멋모르고 발을 디뎠다가 빠지기라도 하면 뼈도 못 추리고 불쌍한 얼음귀신이 될 게 분명했다.

대원들은 로프로 서로의 몸을 묶어서 연결한 다음 발 밑을 살피며 한 발 한 발 조심스럽게 빙하를 거슬러 올랐다. 개들 역시 본능적으로 위험을 깨달은 듯 코를 땅에 바짝 대고 신중하게 걸음을 옮기고 있었다.

그렇게 또 10일이 지나갔다.

우당탕—.

깽— 깨깽—.

"어엇!!"

뭔가 부서지는 소리와 개의 비명소리, 그리고 노빈손의
외마디 고함 소리가 한꺼번에 터져 나왔다. 노빈손 바로 곁
에서 따라오던 개들이 갑자기 썰매와 함께 땅 속으로 푹 꺼
져버렸던 것이다.

썰매가 빠진 곳은 깊이가 50여 미터나 되는 거대한 크레

129

아문센 팀이 통과한 악셀 하이베르그 빙하의 일부인 악마 빙하는 크레바스와 안개와 바람이 끊임없이 대원들을 괴롭히는 무시무시한 곳. 그 중에서도 얕은 눈 밑에 깊은 크레바스들이 톱니처럼 촘촘하게 이어져 있는 '악마의 무도장'은 한 걸음 한 걸음이 곧바로 생사의 갈림길인 끔찍한 지역이다. 말 그대로 악마들이 모여서 죽음의 춤을 추는 곳.

바스였다. 어찌나 깊고 까마득한지 밑바닥은 어둠에 가려 제대로 보이지도 않았다.

쾅! 콰아앙! 콰아아아아—.

썰매 부서지는 소리가 긴 메아리를 남기며 음산하게 울려 퍼질 뿐이었다.

으으—.

노빈손은 공포와 안도감을 동시에 느끼며 몸을 부들부들 떨었다. 개들이 떨어진 크레바스의 입구는 노빈손의 발자국으로부터 겨우 30cm 가량 떨어져 있었다. 자칫 잘못했으면 자기가 그 밑으로 추락할 수도 있었던 아찔한 순간이었다.

대원들은 슬픔과 두려움을 삼켜 가며 묵묵히 빙하 위를 걸었다. 틈만 나면 아문센을 약올리던 노빈손도 이제는 더 이상 대장 행세를 하지 않았다. 아문센이 얼마나 뛰어난 탐험가인지를 지난 며칠 동안 분명하게 깨달았던 것이다.

빙하는 끝도 없이 가파르게 이어졌다. 탐험 기간 중 가장 힘들었던 이곳에 아문센은 '악마 빙하'라는 무시무시한 이름을 붙였다. 그리고 개들이 추락한 크레바스에는 '악마의 무도장'이라는 오싹한 이름이 붙었다.

12월 4일. 대원들은 드디어 지긋지긋하던 악마 빙하에서 벗어나 남극 고원에 올라섰다. 기지를 떠난 지 45일, 그리고 산맥의 기슭에 도착한 지 18일 만이었다.

나흘 뒤에는 남위 88도 23분을 돌파함으로써 섀클턴이 1907년에 세웠던 최고 기록을 깨뜨렸다. 이제 남극점까지 남은 거리는 겨우 150km.

이튿날인 12월 9일, 스코트 일행이 남극종단산맥에 도착하여 빙하를 거슬러 오르기 시작했다. 아문센과의 차이가 어느 새 23일로 훌쩍 벌어져 있었다.

남극점으로 가는 마지막 관문인 남극 고원의 고도는 해발 3,000m. 1년 내내 영하 50℃의 맹추위가 계속되고 얼음 두께만 해도 무려 4km가 넘는 이 고원지대는 지구에서 가장 춥고 황량한 곳이다. 1908년 탐험 때 섀클턴은 부족한 산소로 인해 호흡조차 힘든 이 고원 위에서 '빙붕이 바다가 변한 곳이라면 남극 고원은 하늘이 변한 것'이라는 멋진 일기를 남긴 바 있다.

아아! 여기가 바로 남극점이다

"헉! 말도 안 돼요. 그런 엽기적인 짓을 하다니."

"안 되면? 니 밥을 대신 줄래?"

"그게 아니라……."

노빈손은 말문이 막힌 듯 입을 꾹 다물었다.

지금 그는 아문센이 발표한 괴상한 아이디어에 대해 마구 항의하는 중이었다. 세상에나! 개 몇 마리를 죽여서 그걸 나머지 개들의 먹이로 준다는 게 아문센의 생각이었던 것이다.

오늘은 12월 12일. 이제 남극점은 불과 하루이틀 거리로 다가와 있었지만, 문제는 식량이었다. 특히 50마리나 되는

개들이 한 끼에 먹어치우는 양은 실로 엄청났다. 아문센의 괴상망측한 아이디어는 식구를 줄이면서 동시에 식량을 늘리기 위한 비장의 수단인 셈이었다.

"아무리 그래도 그렇지, 개한테 개고기를 개밥으로 먹이는 건 너무 야만적인……."

"개만 먹이는 게 아냐. 우리도 먹을 거라구."

허걱! 우리도? 저 멍멍이들을? 기겁하는 노빈손.

"어차피 식량은 도중에 바닥나게 되어 있어. 돌아갈 때까지 지금 남은 식량으로 버틸 수 있을 거 같아?"

아문센의 말이 옳았다. 대원들이 갖고 올라온 식량은 딱 30일분. 그리고 벌써 26일이 훌쩍 지났다. 남은 식량을 아무리 아껴 먹더라도 버틸 수 있는 날짜는 1주일이 채 못 된다. 하지만 남극점을 거쳐서 식량을 묻어둔 산기슭으로 되돌아가려면 최소한 3~4주는 족히 걸릴 것이다. 그때까지는 좋건 싫건 개고기로 끼니를 이을 수밖에 없는 상황이었다.

"싫으면 안 먹어도 돼. 단, 굶어서 쓰러지더라도 날 원망하진 마. 원래 남극에서는 입맛 까다로운 사람은 살아남지 못하는 법이니까."

하긴, 섀클턴과 함께 있을 때는 더한 것도 먹었었지. 펭귄이랑 물개까지 잡아먹었는데 그깟 개고기쯤이야! 말숙이에 의하면 세상에 보신탕처럼 맛있는 게 없다던데…….

노빈손은 눈을 질끈 감고 그걸 먹어보기로 했다. 오랫동안 함께 고생하던 개들을 식량으로 잡아먹는다는 게 가슴 아프긴 했지만 생존을 위해서는 어쩔 수 없는 일이었다.

"좋아요, 먹을 거예요. 대신 조건이 있어요."

"뭔데?"

아문센이 궁금한 얼굴로 물었다. 이어지는 노빈손의 엽기적인 대답.

"난 등심 아니면 안 먹어요."

남극점이 가까워질수록 날씨는 점점 더 추워졌다. 겨울이면 영하 80℃를 오르내리고 1년 평균 기온이 영하 50℃인 곳이니 아무리 여름이라 해도 추운 건 당연한 일이었다. 노빈손의 발이 동상으로 인해 퉁퉁 붓고 얼굴 색깔이 멍든 사과처럼 푸르뎅뎅하게 변했다.

남극 탐험가들이 가장 무서워했던 병은 뭘까? 정답은 괴혈병. 신선한 야채나 과일을 오랫동안 먹지 않으면 비타민C 부족으로 인해 괴혈병에 걸리기 쉽다. 그 병에 걸리면 잇몸과 점막에서 피가 나고, 몸속의 핏줄이 터져 피혹이 생기며, 뼈가 흐물흐물 휘어지고 심하면 죽기도 한다. 벨지카 호 선원들 중 상당수가 괴혈병을 앓았고, 스코트와 섀클턴도 1902년의 1차 탐험 때 괴혈병에 시달린 바 있다.

또 한 가지 눈에 띄는 변화는 아문센의 행동이었다. 남극 고원에 올라선 뒤부터 표정이 점점 사나워지면서 걸핏하면 대원들에게 신경질을 부렸던 것이다. 혹시라도 스코트가 먼저 남극점을 정복한 게 아닌지 초조해하는 기색이 역력했다. 이미 스코트보다 30일 가까이 앞서 있는 상황이었지만 아문센이 그걸 알 턱이 없었다.

13일 오후. 탐험대가 잠시 휴식을 취하는 동안 노빈손이 아문센에게 다가갔다. 이번 경주의 승패를 넌지시 알려주고 싶었던 것이다. 그러면 아문센도 마음이 한결 편해질 거라는 생각이었다.

"대장, 너무 걱정하지 말아요. 당신이 이길 거예요."

어쭈, 요 녀석이? 아문센이 기특하다는 표정과 가소롭다는 표정을 동시에 지으며 반문했다.

"그걸 니가 어떻게 알아?"

"그게, 그러니까……."

노빈손은 눈알을 데굴데굴 굴리며 멋진 대답을 찾으려 애썼다.

학교에서 배웠다고 할까? 만화책에서 봤다고 할까? 아니면 섀클턴에게 들었다고 할까?

하지만 어차피 그건 모두 다 미래의 일들이었다. 1910년대를 살고 있는 아문센에게 타임머신이니 뭐니 아무리 얘기해 봐야 전혀 소용이 없는 것이다.

"어쨌든 이겨요. 이기게 돼 있다니깐요."

쳇! 별 싱거운 녀석 다 보겠네……. 아문센은 어이없다는 듯 어깨를 으쓱하더니 갑자기 눈을 부라리며 퉁명스럽게 말했다.

"쓸데없는 소리 말고 가서 개밥이나 줘!"

허걱! 개밥을 주라고? 그건 결국 나한테 개를 잡으라는 얘기잖아! 기겁을 하며 뒤로 물러서는 노빈손에게 아문센의 음산한 목소리가 이어졌다.

"말 안 들으면 국물도 없어."

또 하루가 지났다. 이제 남극점은 말 그대로 넘어지면 코 닿을 거리에 있었다.

오후가 되자 아문센은 거의 10분에 한 번꼴로 대원들에게 현재의 정확한 위치를 재게 했다. 시계처럼 생긴 그 관측 기구의 이름은 '크로노미터'였다.

"현재 위치는?"

"남위 89도 59분입니다."

남극점의 위치는 남위 90도. 1도는 60분이니까 이제 꼭 1분이 남았다. 위도 1도의 거리는 약 111km고 1분은 그 60분의 1인 1.85km다. 앞으로 그만큼만 더 가면 꿈에도 그리던 남극점에 세계 최초로 도착하게 되는 것이다.

"지금은?"

남극점에서 북쪽은 어느 방향일까? 오른쪽? 왼쪽? 아니면 나침반을 볼까? 하지만 남극점에선 자침의 S극이 땅을 가리키며 수직으로 서기 때문에 N극은 하늘을 가리키게 된다. 그럼 하늘이 북쪽? 알쏭달쏭한 이 퀴즈의 정답은 '몽땅 북쪽'이다. 남극은 둥근 지구의 맨 끝이기 때문에 거기에선 아무렇게나 방향을 잡아도 모두 다 북쪽이 되는 것이다. 북극에선 아무 데로나 가도 몽땅 남쪽.

"89도 59분 30초."

위도 1초는 1분의 60분의 1인 30여 미터. 30초가 남았으니 이제 남은 거리는 900여 미터였다.

대원들은 뛰는 가슴을 억누르며 묵묵히 최후의 목적지를 향해 이동했다. 지금부터는 아문센이 직접 크로노미터를 들고 위도를 측정하기 시작했다. 그의 까칠한 얼굴이 붉게 상기된 채 파르르 떨리는 게 보였다.

59분 40초, 45초, 50초, 55초.

그리고 잠시 후.

"정지!"

아문센이 나직하게 외치며 손을 번쩍 들었다. 그리고는 눈밭에 쪼그리고 앉아서 조용히 현재의 위치를 재기 시작했다.

이윽고 그의 입에서 흘러나온 말.

"깃발을 꽂게."

아주 짧은 침묵이 흘렀다.

다음 순간, 대원들은 서로를 와락 얼싸안으며 누가 먼저랄 것도 없이 커다란 함성을 동시에 외쳐댔다.

"우와!!"

"만세! 노르웨이 만세!"

"아문센 대장 만세!!"

아아, 여기가 바로 남극점이구나. 남쪽의 끝을 알리는 지구 위의 한 점. 더 이상 내려갈 수 없는 지구의 최남단이 바로 여기로구나!

노빈손은 말로 표현할 수 없는 벅찬 감격과 흥분을 느끼며 침을 꿀꺽 삼켰다. 그리고는 두 팔을 높이 치켜들고 엄숙한 표정으로 목청껏 부르짖었다.

"대한독립만세!"

세 개의 남극점

　　퀴즈 하나. 남극점은 모두 몇 개가 있을까? '당연히 하나!' 라고 생각하겠지만 사실은 그렇지 않다. 지구의 남극점은 자그마치 세 개나 되기 때문이다. 지구도 하나뿐이고 남극도 한 군데뿐인데 어떻게 남극점이 세 개가 될 수 있을까? 지금부터 그 이유를 차근 차근 알아보기로 하자.

남위 90도의 '지리적 남극점'

　　지구의 자전축이 남반구의 지표면과 만나는 지점을 '지리적 남극점'이라고 한다. 이곳의 위치는 남위 90도. 아문센과 스코트가 서로 먼저 가려고 경쟁을 벌였던 곳이 바로 여기다. 신문이나 TV, 만화책 등에 나오는 남극점은 거의 대부분 지리적 남극점이다.

　　재미있는 건, 지리적 남극점이 조금씩 움직인다는 점이다. 지구는 물과 공기로 덮여 있기 때문에 회전할 때 아주 미세한 떨림 현상이 나타난다. 그로 인해 지구의 자전축이 하루에 한 뼘 정도씩 움직이게 되고, 지리적 남극점 역시 덩달아 그만큼씩 이동하게 되는 것이다.

　　자전축은 원을 그리며 움직이다가 1년이 지나면 다시 제자리로 돌아온다. 지름이 약 21m인 이 원을 '첸들러 원'이라고 한다. 탐험가들은 자전축을 따라 매일 조금씩 움직이는 지리적 남극점의 위치를 정확히 파악하기 힘들기 때문에 그냥 그 원 한복판에 깃발을 꽂고 만세를 부른다. 그러면 다들 그가 남극점을 정복했다고 인정해 준다.

지구 막대 자석과 '지자기 남극점'

　　나침반이 남북을 가리키는 건 지구가 자석이기 때문이다.

지구 자석의 N극은 남쪽에 있고 S극은 북쪽에 있다. 그래서 나침반의 N극은 지구의 S극에 끌려서 북쪽을 가리키고, 나침반의 S극은 지구의 N극에 끌려서 남쪽을 가리키게 되는 것이다.

쉽게 말해서, 지구 내부에 아주 거대하고 길쭉한 막대 자석이 있다고 생각하면 된다. 이 막대 자석의 축이 남반구의 지표면과 만나는 곳이 바로 '지자기 남극점'이다.

지자기 남극점의 위치가 지리적 남극점과 다른 것은 지구 막대 자석이 자전축과 일치하지 않고 11.3도 가량 기울어져 있기 때문이다. 동남극의 얼음 평원 위에 있는 지자기 남극점의 좌표는 남위 78도 30분에 동경 111도. 남위 90도인 지리적 남극점으로부터 1284km 가량 떨어진 곳이다.

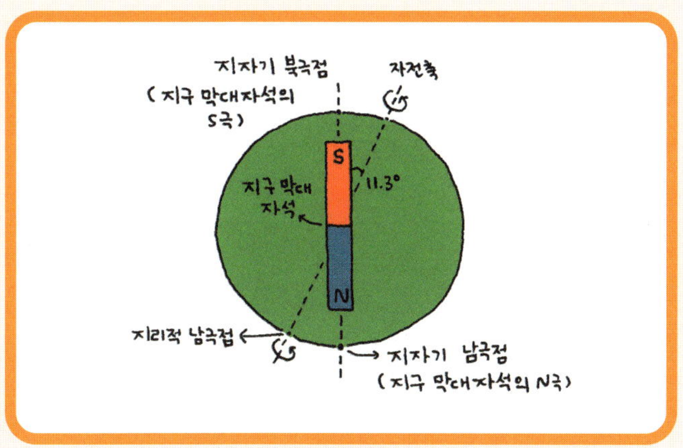

나침반이 가리키는 '자남극점'

나침반이 가리키는 곳으로 계속 가면 지자기 남극점에 닿을까? 나침반은 지구의 자력에 이끌려 움직이니까 당연히 지구 막대 자석의 끝점인 지자기 남극점을 향할 것 같지만 이번에도 정답은 '아니오'다. 나침반은 지자기 남극점에서 1,500km나 떨어진 다른

장소를 가리키기 때문이다. 그 지점이 바로 세 번째 남극점인 '자남
극점'이다.

　　왜 이런 현상이 일어날까? 원인은 조무래기 자석들이다. 지
구 내부에는 막대 자석 말고도 여러 개의 작은 자석들이 있다. 물론
막대 자석의 힘이 가장 세지만, 다른 자석들도 지구의 자기장에 조
금씩 힘을 보태며 영향을 미치게 된다. 그로 인해 나침반의 방향과
지자기 남극점 사이에 약간의 오차가 생겨나게 되는 것이다. 지자기
남극점은 지구 자석들의 맏형인 막대 자석이 만드는 남극점이고, 자
남극점은 지구의 모든 자석들이 힘을 모아서 만드는 남극점이다.

　　지구의 자력선은 자남극점과 자북극점에서 나와 지구를 둥
글게 감싼다. 그곳에서는 자침이나 나침반이 땅과 수직을 이루며 꼿
꼿이 일어선다. 그리고 지구의 자력선과 수평선 사이의 각도도 정확
히 90도가 된다. 그 각도를 '복각'이라고 한다.

　　지자기 남극점은 움직이지 않지만 자남극점은 끊임없이 움
직인다. 조무래기 자석들이 지구의 자기장에 자꾸 변화를 일으키기
때문이다. 20세기초까지만 해도 대륙 위에 있던 자남극점의 현재 위
치는 지리적 남극점에서 2천8백km 떨어진 동남극의 바다 위. 지금

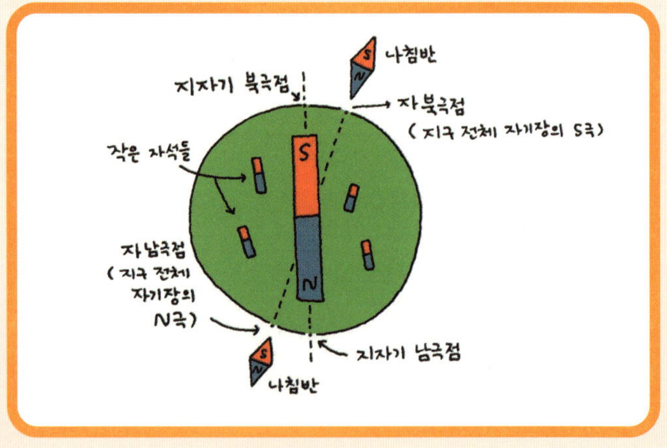

도 자남극점은 북북서 방향으로 1년에 10~15km씩 이동하고 있으며, 자북극점 역시 지리적 북극점에서 1천8백km 가량 떨어져 있다.

제4의 남극점, '상대적 도달 불능극'

남극에는 위에서 말한 세 개의 남극점말고도 또 하나의 남극점이 있다. 남극 대륙의 해안 중 어느 곳에서 출발하더라도 제일 멀고 깊숙한 곳. 위도나 자기장과 상관없이 무조건 제일 가기 힘든 곳. 바로 그곳이 제4의 남극점인 '상대적 도달 불능극'이다.

북극은 대륙이 아닌 바다이기 때문에 이런 장소가 없다. 지리적 북극점, 지자기 북극점, 그리고 자북극점이 있을 뿐이다. 이와 달리 남극에선 상대적 도달 불능극도 다른 남극점들 못지않게 탐험가들의 중요한 목표가 된다. 실질적으로 제일 도달하기 힘든 장소가 바로 그곳이기 때문이다. 상대적 도달 불능극의 위치는 남위 82도 08분, 동경 54도 58분. 남극에서 가장 기온이 낮은 곳에 속하는 그곳의 고도는 해발 3,718m이며 얼음 두께는 무려 3천 미터나 된다. 1958년에 소련 탐험대가 최초로 정복에 성공한 이후 지금껏 아무도 가보지 못한 무시무시한 곳이다.

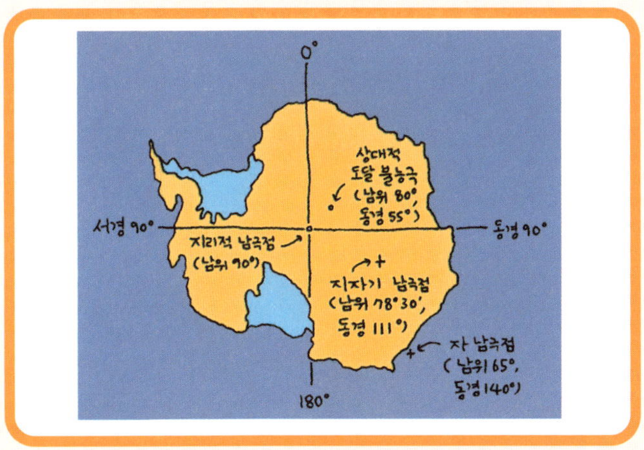

아문센은 남극점의 위치를 몇 번씩이나 거듭 확인한 다음 깃발을 꽂았다. 그러고도 모자라서 세 명의 대원들에게 각각 다른 방향으로 20km씩 걸어갔다가 다시 돌아오라고 지시했다. 혹시라도 관측이 틀렸을까봐 아예 남극점 주변을 깡그리 휘젓고 다니며 흔적을 남겼던 것. 남달리 꼼꼼하고 치밀했던 아문센의 성격을 뚜렷이 보여주는 재미있는 에피소드다.

말썽꾸러기 시계

1911년 12월 14일 오후 3시. 드디어 아문센의 탐험대는 남극 고원의 얼음 평원 위에 노르웨이 국기를 꽂았다. 붉은 바탕에 푸른 십자가가 선명한 그 깃발은 지구가 생겨난 이래 처음으로 남극점에 인간이 도착했음을 알리는 위대한 표시였다.

노빈손은 깃발이 꽂힌 얼음 위에 스틱으로 선명하게 태극기를 그려 놓았다.

남극점 주위에는 아무런 흔적도 없었다. 발자국도, 썰매나 스키 자국도, 그리고 깃발도……. 보이는 것이라고는 오직 하얀 눈과 빛나는 얼음과 짙푸른 하늘뿐이었다. 아문센이 스코트와의 경주에서 승리했음을 보여주는 또렷한 증거였다.

아문센은 남극점 옆에 텐트를 하나 세우라고 지시했다. 그리고는 돌아가는데 필요한 최소한의 물품만 챙기고 나머지를 모두 텐트 속에 남겨두라고 말했다. 머지않아 도착할 스코트 일행에게 조금이나마 도움을 주기 위해서였다.

목숨을 걸고 경쟁을 벌이는 라이벌에게 건네는 따뜻한 배려. 그 감동적인 모습을 보며, 노빈손은 아문센이 진정 위대한 탐험가라는 것을 새삼 확인할 수 있었다.

아문센은 노르웨이 국왕 하콘 5세에게 보내는 충성스러

운 편지를 남겼다. 혹시라도 탐험대가 무사히 돌아가지 못
할 경우에 대비한 것이었다. 그 옆에는 스코트에게 보내는
정중한 편지도 함께 놓아두었다.

친애하는 스코트 대장에게.
조만간 그대가 우리의 뒤를 이어 이곳에 도착하리라
믿소.
부디 내 편지를 노르웨이 국왕께 전해 주기 바라오.
텐트 속에 약간의 물품을 남겨두었으니 필요하면 얼마
든지 사용하시오.
탐험에 성공하고 무사히 돌아가기를 진심으로 바라오.

1911. 12. 14. 아문센

이제 남극점에서는 더 이상 할 일이 없었다. 조금 전의
뜨거운 감동을 가슴속에 갈무리한 채, 대원들은 돌아갈 준
비를 서둘렀다. 하지만 곧바로 출발하기엔 그들의 몸이 너
무나 피곤했다. 지난 며칠간 무리를 하는 바람에 다들 녹초
가 된 상태였던 것이다.

아문센은 대원들에게 2~3시간 가량의 휴식시간을 주었
다. 괜히 서두르다가 사고를 당하는 것보다는 출발을 약간
늦추더라도 체력을 회복하는 게 더 중요하다고 생각했던

아문센은 남극점에서 또다시 개 여섯 마리를 죽여 나머지 개들의 먹이로 주고 썰매 숫자를 줄였다. 최대한 빠른 속도로 기지까지 돌아가기 위해서였다. 이런 식으로 개고기를 개밥으로 주는 건 아문센뿐 아니라 스코트나 섀클턴도 탐험 때마다 늘상 하던 일. 그럼 개들의 반응은 어땠을까? 분명한 건, 동족에 대한 의리를 지키느라 단식투쟁을 벌인 개는 한 마리도 없었다는 것.

143

것이다. 텐트 속에 누운 대원들은 이내 달콤한 잠 속으로 빠져들었고, 노빈손 역시 모처럼 편안한 마음으로 아문센 곁에 누웠다.

"대장, 자요?"

"아니."

"축하해요, 남극점 정복을."

고맙다, 다 니가 도와준 덕분이야…… 라는 대답이 나오길 은근히 기대했지만 천만의 말씀. 아문센의 대답은 그것과는 정반대였다.

"너만 아니면 더 빨리 올 수도 있었어."

윽! 그렇게 심한 말을 하다니. 오늘 같은 날 좀 다정하게 굴면 어때서…….

노빈손은 잔뜩 토라진 얼굴을 한 채 옆으로 휙 돌아누워 버렸다. 입을 꽉 다문 채 씩씩거리는 노빈손의 콧구멍에서 하얀 김이 모락모락 새어나왔다.

좀 친절하게 말하면 어디가 덧나나? 그래도 내 딴에는 최선을 다해서 여기까지 온 건데. 탐험을 아무리 잘하면 뭐 해? 마음씨가 고와야지. 이렇게 구박받고 무시당할 줄 알았으면 차라리 스코트한테나 가는 건데. 그나저나 스코트는 지금 어디쯤 오고 있을까? 자기가 패배한 걸 알면 엄청 속상하겠지?

꿍얼꿍얼— 투덜투덜—. 한동안 달싹거리던 노빈손의 입

술이 서서히 멎었다. 눈꺼풀이 무거워지고 몸이 나른해지면서 정신이 차츰 몽롱해졌다.

조금씩 벌어지는 입, 그리고 조금씩 흘러나오는 침. 노빈손의 입가에 하얀 살얼음이 끼기 시작하는 바로 그 순간.

끼리릭―.

끼리리릭―.

목걸이 시계가 또다시 보일 듯 말 듯 천천히 움직이기 시작했다.

한동안 은퇴했던 아문센은 1928년에 다시 탐험에 나섰다. 조난 당한 이탈리아의 북극 탐험가 노빌레를 구조하기 위해 비행정을 타고 북극으로 떠났던 것. 그는 세계 각국에서 모여든 다른 구조팀들과의 경쟁에서 승리할 욕심으로 무리하게 출발을 서둘렀고, 그 비행정은 결국 영원히 돌아오지 못했다. 역사에 길이 남을 위대한 영웅의 너무나도 허망한 최후였다.

4

한 발 늦은 스코트

두런두런—.

누군가 웅성거리는 소리를 어렴풋이 들으며, 노빈손은 잠에서 깨었다. 텐트 속에 아무도 없는 걸로 봐서 그새 다들 일어나 밖으로 나간 모양이었다.

아웅—. 기지개를 켜며 늘어지게 하품을 하는 노빈손. 입가에서 얼음 깨지는 소리가 우두두둑 들려왔다.

"이상하네. 왜 입가에 얼음이 얼어 있지?"

노빈손은 고개를 갸웃거리며 천천히 몸을 일으켰다.

잠시 후, 텐트 밖으로 얼굴을 내밀던 노빈손의 입에서 기절할 듯한 외마디 고함이 터져 나왔다.

남극점에 도착한 스코트 일행은 스코트, 윌슨, 오우트, 에반스, 바워스 등 다섯 명. 그런데 스코트의 원래 계획에 의하면 탐험대의 최종 인원은 네 명이었다. 중간 중간에 사람과 동물들의 숫자를 줄여 마지막엔 네 명만 남기기로 했던 것. 하지만 도중에 계속 계획이 어긋나면서 예정보다 한 명이 늘어났고, 그로 인한 식량 부족은 두고두고 탐험대를 괴롭혔다.

"헉!"

노빈손은 순간적으로 제 눈을 의심했다. 이럴 수가! 아문센 일행은 간데없고 생전 처음 보는 낯선 사내들이 깃발 옆에 주저앉아 있는 게 아닌가. 하나, 둘, 셋, 넷, 다섯 명. 인원수는 그대로인데 왜 얼굴이 다 뒤바뀌었지? 이게 도대체……. 어리둥절한 노빈손.

놀란 건 노빈손뿐만이 아니었다. 그들 역시 화들짝 놀라 자리에서 벌떡 일어났던 것이다. 그들 중 제일 늠름하게 생긴 사내가 날카로운 눈빛으로 물었다.

"넌 누구지?"

이 사람들이? 남의 집에, 아니 남의 텐트에 왔으면 자기들이 먼저 정체를 밝혀야지 왜 나한테 누구냐고 물어? 예의 없이……. 발끈하는 노빈손.

"그러는 댁은 뉘시오?"

"내 이름은 스코트. 위대한 대영제국의 탐험대장이지."

허걱! 스코트라니? 스코트는 분명히 아문센보다 한 달이나 늦었다던데? 그럼 내가 한 달 동안이나 잠들어 있었단 말야? 설마…….

멍청한 표정을 짓던 노빈손은 한참 만에야 어찌된 영문인지를 깨달았다. 아까 잠들기 전에 스코트를 떠올렸던 걸 뒤늦게 기억해냈던 것이다. 즉시 시계를 확인해 보니 아니나다를까, 바늘이 오른쪽으로 살짝 돌아가 있었다. 새클턴에서 아문센을 거쳐 이젠 스코트와 합류하게 된 떠돌이 노빈손.

오늘은 1912년 1월 17일. 아문센 일행이 남극점에 다녀간 지 34일이 지난 뒤였다.

스코트는 노빈손이 건넨 아문센의 편지를 침울한 표정으로 읽었다. 사실 그는 남극점에 도착하기 훨씬 전부터 자기가 패배했음을 알고 있었다. 아문센 일행이 오가면서 남긴 썰매와 스키 자국이 얼음 위에 선명하게 나 있었기 때문이다.

꿈을 잃은 그의 얼굴에서는 언젠가 섀클턴의 얼굴에서 보았던 것 같은 짙은 쓸쓸함이 느껴졌다.

"그런데……."

스코트가 이상하다는 듯 고개를 들었다.

"넌 왜 남아 있었지? 여기 적힌 날짜는 분명히 한 달 전인데, 그동안 뭘 한 거야?"

"그, 그건…… 그러니까……."

꿍! 그런 건 좀 안 물어보면 안 되나? 얘기해도 믿지도 않을 거면서……. 노빈손은 이리저리 머리를 굴리다가 결국 생각나는 대로 아무렇게나 말해버렸다.

"텐트를 지키기 위해서죠. 도둑이 들면 안 되니까."

"남극에 도둑이 어디 있어?"

하긴, 세상에 어느 얼빠진 도둑이 남극까지 와서 도둑질을 하랴. 훔쳐갈 거라고는 얼음밖에 없는데…….

갈수록 대답이 궁해지는 노빈손. 하지만 이미 엎질러진 물이었다.

"왜 없어요? 우리도 오는 길에 두 번이나 도둑을 맞았는데."

"뭘 훔쳐갔는데?"

"개요."

"개?"

"그래요. 그것도 제일 통통한 녀석들을……. 두 마리나."

"누가?"

"누군 누구예요? 개도둑이지."

그럴 리가? 믿을 수 없다는 듯 고개를 갸웃하는 스코트에게 노빈손이 히죽 웃으며 이렇게 덧붙였다.

"그래서 더 이상 못 훔쳐가게 하려구 죄다 잡아먹었어요."

으으ㅡ. 스코트 일행의 얼굴이 배탈난 불독처럼 심하게 일그러졌다.

스코트의 뒤늦은 후회

"그러니까, 처음부터 계획을 잘못 세웠던 거로군요."

"그렇지. 내가 너무 바보였어."

스코트는 한숨을 내쉬며 그동안의 일들을 이야기했다. 개썰매와 스키로 가뿐하게 출발한 아문센 일행과 달리, 스코트의 탐험대는 세 개의 팀으로 복잡하게 나뉘어 있었고 출발 날짜도 서로 달랐다.

1차 출발 : 10월 24일. 설상차 팀(설상차, 대원 4명)

2차 출발 : 11월 1일. 말썰매 팀(말 10마리, 스코트와 대
　　　　　원 9명)

3차 출발 : 11월 5일. 개썰매 팀(개 23마리, 대원 2명)

이렇게 많은 인원과 동물들을 동원한 데는 물론 이유가 있

남극엔 개도둑은 없지만 새 알 도둑은 있다. '도둑 갈매기'로 통하는 시커먼 남극 철새 '스쿠아'가 그 주인공. 생김새가 매를 닮은 스쿠아는 부부가 함께 도둑질을 하는데, 남편이 펭귄에게 시비를 거는 사이 아내가 펭귄 알을 낼름 훔친다. 갈매기들이 물고 있는 먹이를 공중에서 날치기하는 경우도 많다. 사나운 부리로 사람을 공격하기도 하는 스쿠아는 양심도 없고 겁도 없는 남극의 무법자다.

남극에서 개가 말보다 좋은 이유는 세 가지다. 첫째, 개의 털가죽은 말의 그것보다 추위를 훨씬 잘 막아 준다. 둘째, 말은 땀을 엄청 흘리지만 개는 땀샘이 아예 없다. 땀은 증발하면서 피부의 열을 빼앗기 때문에(기화열) 극지에선 땀을 흘리지 않는 게 훨씬 유리하다. 셋째, 말은 무거워서 눈이나 얼음 진창에 잘 빠지지만 개는 가볍고 날렵해서 그런 일을 거의 겪지 않는다.

었다. 맨 처음엔 짐이 많으니까 최대한 여럿이서 함께 운반한다. 그러다가 식량과 연료를 소비하면서 짐이 점점 줄어들면 몇몇 대원과 동물들을 기지로 돌려보낸다. 그리하여 맨 마지막에 남은 4명의 대원들이 남극점으로 간다……. 바로 이게 스코트의 야심만만한 계획이었던 것이다.

"난 개보다는 말과 설상차를 훨씬 믿었어. 그런데……."

아문센의 예측대로 그건 잘못된 생각이었다. 말은 개보다 추위에 약할 뿐만 아니라 몸이 너무 무거워서 자꾸만 진창에 빠지기 때문에 남극에선 별로 쓸모가 없다. 설상차 역시 고장이 잦아서 장기간의 탐험에는 전혀 쓸모 있는 수단이 아니었다.

아니나다를까, 개썰매 팀은 겨우 며칠 만에 말썰매 팀을 따라잡았고, 두 팀은 다시 며칠 만에 설상차 팀을 따라잡았다. 그때 설상차 팀에서는 어이없게도 사람이 직접 짐을 끌고 있었다. 설상차는 이미 한참 전에 고장이 나서 눈밭에 버려진 뒤였던 것이다.

"정말 난감했어. 사람 16명, 말 10마리, 개 23마리가 뒤섞여서 아침저녁으로 법석을 떨어댔으니. 게다가 믿었던 말은 걸핏하면 말썽이고."

"그러게 왜 그렇게 일을 복잡하게 해요, 바보같이."

"요 녀석이, 지금 불난 집에 부채질하냐? 나 약올리려고 남아 있었어?"

파파팟─. 스코트의 눈에서 시퍼렇게 불꽃이 일었다.

이크! 노빈손은 어깨를 움찔하며 손으로 제 입을 틀어막았다. 말조심해야지. 괜히 잘못 건드렸다가 나만 놔두고 가 버리기라도 하면 그땐? 으으……. 긴장하는 노빈손.

스코트 일행은 로스 빙붕 위에서 매일 열 시간씩 강행군을 하면서도 하루 평균 20km밖에 전진하지 못했다. 아문센 일행이 다섯 시간에 30km를 갔던 것과 비교해 보면 너무나 느린 속도였다. 간신히 빙붕을 통과하여 남극종단산맥의 기슭에 도착한 것은 출발 39일 만인 12월 9일이었다.

그날 스코트는 네 명의 대원들을 시켜서 개를 모두 돌려보냈다. 그리고 지지리도 속만 썩이던 말들을 모조리 죽였다. 이제부터는 남은 열두 명의 대원들이 직접 썰매를 끌며 산비탈의 빙하를 거슬러 올라야 했고, 경주의 승패는 이때 벌써 판가름난 것이나 다름없었다.

중간 중간에 일곱 명을 더 돌려보내고 최후까지 남은 인원은 다섯. 그들이 모진 고생 끝에 간신히 빙하를 통과하여 남극 고원 위에 올라선 것은 이듬해 1월 4일이었다.

그 무렵, 아문센 일행은 이미 남극점을 거쳐 다시 기지로 돌아가고 있었다.

"바보였어, 내가 바보였어!"

스코트는 슬픈 눈으로 하늘을 올려다보며 계속해서 똑같

요즘엔 설상차도 쓸만하다
스코트 시대의 설상차는 탐험을 방해하는 골칫덩어리였지만 요즘엔 그렇지 않다. 전차나 탱크 바퀴 같은 무한궤도(캐터필러)를 갖춘 현대식 설상차는 눈이나 얼음 위에서 시속 60km의 속도를 낼 수 있고 25도 각도의 얼음 비탈도 가뿐히 오른다. 무한궤도가 눈 진창이나 얼음벌판에서도 끄떡없는 건 일반 타이어보다 땅에 닿는 면적이 크고 마찰도 그만큼 크기 때문.

은 말을 되풀이했다. 좀 더 치밀하게 준비했으면 이길 수도 있었는데. 아문센보다 더 먼 길을, 더 오래, 더 힘들게 오고서도 이렇게 비참하게 패배하다니!

어디선가 커다란 구름이 밀려오면서 스코트의 얼굴에 짙은 그늘이 드리워졌다. 뭔가 불행한 일이 곧 닥칠 것만 같은 불길한 징조였다.

죽음의 귀환길

스코트와 함께 돌아오는 길은 말 그대로 고난의 연속이었다. 부족한 식량, 부족한 연료, 그리고 떨어질 대로 떨어진 대원들의 사기. 엎친 데 덮친 격으로 1월 하순부터는 날씨마저 극심하게 변덕을 부려 탐험대를 괴롭혔다.

굶주림과 추위에 시달리며 썰매를 끌고 가느라 대원들의 체력은 하루가 다르게 악화되기 시작했다. 하루에 불과 1~2km도 전진하지 못하고 텐트 속에서 보내는 날이 점점 더 많아졌다. 할 일도 없고 할 얘기조차 없는 지루하고 고통스러운 시간들. 눈과 얼음을 녹여서 물로 허기를 달래는 것만이 대원들의 유일한 소일거리였다.

힘겨운 한 달이 그렇게 흘러갔다.

"에반스! 정신차려!!"

"에반스!!"

2월 17일. 대원들의 안타까운 고함소리가 빙하 위를 뒤흔들었다. 며칠 전부터 부쩍 쇠약해진 모습을 보이던 에반스가 기어이 얼음 위에 쓰러져버렸던 것이다. 유난히 덩치가 컸던 그는 굶주림으로 인한 고통 역시 남들보다 훨씬 심하게 겪었다. 현기증 때문에 얕은 크레바스에 빠진 적도 두 번이나 있었다.

"헉헉, 대, 대장님…… 저는 이제 틀렸어요…… 절 내버려두고 어서……."

가쁜 숨을 몰아쉬며 힘겹게 말을 잇는 에반스의 어깨를 스코트가 와락 움켜잡았다. 그리고는 이를 악물고 고래고래 소리를 질러댔다.

"에반스, 명령이다! 당장 일어나!"

그러나 소용없는 일이었다. 제아무리 서릿발처럼 엄한 스코트 대장의 명령도 스러져 가는 생명을 되살릴 수는 없었다. 제 삶에서 마지막이 될 희미한 미소를 지으며, 에반스는 천천히 고개를 저었다.

"명령을 어겨서…… 죄송…… 부디 무사히 귀환하시길……."

툭! 에반스의 고개가 힘없이 옆으로 꺾였다. 스코트 탐험대의 믿음직한 돌쇠. 그 누구보다도 억세고 우직했던 거

냉동실의 얼음을 보면 바깥쪽은 투명한데 안쪽은 불투명하다. 그 이유는 미세한 공기방울들이 섞여 있기 때문. 물이 바깥쪽부터 얼어들어가는 과정에서 물 속에 녹아있던 공기들이 점점 가운데로 몰리고, 그렇게 모인 공기방울이 투명한 얼음 결정 사이에 끼어들어 안쪽이 뿌옇게 보이는 것이다. 하지만 불순물이 없는 순수한 얼음은 안팎이 다 투명하며, 남극의 얼음은 20m 안쪽이 훤히 들여다보일 만큼 투명하고 깨끗하다.

영하 50℃가 넘는 남극에서
는 눈물이건 콧물이건 침이
건 일단 나오기만 하면 곧바
로 얼어붙는다. 수염을 기르
고 있으면 특히 불리한데,
숨쉴 때 나오는 콧김과 입김
이 얼면서 콧수염과 턱수염
에 고드름이 주렁주렁 맺히
기 때문. 입에 호루라기를
물면 입술의 습기가 얼면서
호루라기가 찰싹 달라붙기
도 한다. 호루라기를 분 다
음 입에서 떼다가 그만 입술
이 홀랑 벗겨진 불쌍한 사람
도 있다.

인 에반스의 가슴 아픈 최후였다.

"으아아—."

"크흐흐흑—."

울부짖는 대원들. 남극의 투명한 얼음 위로 대원들의 눈물이 빗물처럼 흩뿌려졌다. 스코트의 차가운 뺨 위에도 뜨거운 눈물이 쉴새없이 흘러내렸다. 뿌옇게 변한 노빈손의 시야에 에반스의 눈을 감겨주는 스코트의 야윈 어깨가 흐릿하게 보였다.

다시 또 한 달이 흘러갔다.

휘잉— 휘이이잉—.

극심한 눈보라가 이틀째 휘몰아쳤다. 대원들은 한 발짝도 움직이지 못한 채 하루종일 텐트 속에 힘없이 늘어져 있었다. 통닭 다리 뜯는 꿈을 꾸며 황홀한 표정으로 쩝쩝거리던 노빈손의 귀에 스코트의 커다란 목소리가 벼락처럼 들려왔다.

"오우트! 오우트!"

화들짝! 꿈에서 깬 노빈손은 입맛을 다시며 원망스러운 눈초리로 스코트를 노려보았다. 아직 반도 못 먹었는데 벌써 깨워버리다니. 통닭은커녕 계란 하나 먹여줄 능력도 없으면서……

"혹시 누가 오우트 못 봤나?

스코트가 입김을 연기처럼 뿜어내며 대원들에게 물었다. 머리와 어깨에 눈이 잔뜩 묻어 있는 걸로 봐서 밖에는 눈보라가 여전히 세차게 불고 있는 모양이었다.

"밖에 없어요?"

"없는데?"

"이상하다. 아까 잠깐 바람 좀 쐰다면서 나갔는데."

"이런 날씨에 웬 바람? 동상 때문에 걷지도 못하면서."

갸웃하는 스코트. 그의 손에는 작은 비스킷 봉지가 하나 들려 있었다. 식량을 아끼느라 하루에 1인당 두 개씩밖에 먹지 못하는 귀하디귀한 비스킷이었다.

"대장, 그건 왜 들고 있죠? 식사시간도 아닌데."

"아, 이거?"

스코트가 모처럼 빙긋 웃으며 말했다.

"생일선물이야."

"생일이라뇨?"

"오늘이 오우트 귀빠진 날이거든."

우와, 오우트는 좋겠다. 저런 엄청난 선물을 받다니! 부러운 표정으로 비스킷을 힐끔거리다 말고, 노빈손은 갑자기 애꿎은 부모님을 원망했다. 나도 3월에 태어났으면 저런 선물을 받을 수 있었을 텐데……

스코트의 낯빛이 갑자기 확 바뀐 건 바로 그때였다.

"가만! 혹시?"

세계 최강의 바람 '카파바틱'

남극의 산악지대에서는 가끔 상상을 초월하는 무시무시한 바람이 분다. 차가운 공기가 얼음 비탈을 내려오면서 엄청나게 센 바람으로 바뀌는 것. 기상학자들이 '카타바틱'이라고 부르는 이 바람의 풍속은 자그마치 시속 300km로 남극의 겨울 폭풍 블리자드의 두 배가 넘는다. 지난 수천만 년 동안 불어댄 카타바틱은 남극 대륙의 모양을 바꾼 중요한 원인으로 꼽히고 있다.

비스킷은 탐험가들이 애용하는 손꼽히는 극지 식량이다. 남극 탐험 사상 가장 유명한 비스킷은 섀클턴의 비스킷. 탐험대가 심각한 식량난에 허덕이던 1909년 1월 31일, 그는 자기 몫의 비스킷 네 개 가운데 한 개를 부하인 와일드에게 주며 강제로 먹였다고 한다. 그 때의 감동을 잊지 못한 와일드는 훗날 인듀어런스 호의 부대장으로 참가하여 한없는 충성을 섀클턴에게 바치게 된다.

혹시 뭐? 누가 대신 먹지 않겠느냐구? 당근 환영이지. 설마 내가 그런 부탁도 못 들어줄까 봐?

하지만 지금 분위기는 아무래도 그게 아닌 것 같았다. 누워 있는 다른 대원들까지 갑자기 심각한 얼굴로 벌떡 일어나 앉았던 것이다. 그들 역시 스코트와 마찬가지로 뭔가 이상한 낌새를 느낀 모양이었다.

"대장, 설마 오우트가?"

"찾아! 당장 나가서 찾아 와!"

우루루—. 대원들이 놀라울 정도로 민첩하게 텐트 밖으로 뛰쳐나갔다. 대체 왜들 저러지? 비스킷 좀 늦게 먹는다고 큰일이 나는 것도 아닌데?

무슨 영문인지 통 감을 잡을 수 없던 노빈손이 대원들 중 제일 친절한 윌슨을 가로막고 물었다.

"왜 그러는 거죠?"

"오우트가……."

"글쎄 오우트가 뭘 어쨌냐구요."

"영영…… 어쩌면 영영 안 돌아올지도 몰라."

"네에, 왜요? 생일인데?"

"자기 때문에 우리가…… 크흐흑! 그 바보 같은 놈이……."

쿠쿠쿵—. 노빈손은 그제서야 오우트의 갑작스런 실종을 이해할 수 있었다. 그는 동료들의 부축이 없이는 한 걸음도 못 움직일 정도로 동상이 심한 상태였다. 그리고 자기 때문에 다른 사람들이 고생하는 것을 늘 미안해했다. 더 이상 짐이 되기 전에 스스로 사라지는 것! 바로 그게 대장과 동료들을 위한 오우트의 마지막 우정이었던 것이다.

안 돼! 안 돼, 오우트!!

노빈손이 윌슨을 우악스레 떠밀고 바람처럼 텐트 밖으로 뛰쳐나갔다.

대원들은 밤새도록 오우트를 찾아 주변을 헤매고 다녔다. 그러나 이미 사라져버린 그의 모습은 어디에서도 보이지 않았다. 오우트— 오우트—. 쉴 대로 쉬어버린 울음 섞인 목소리들이 눈보라와 함께 허공으로 흩어질 뿐이었다.

1912년 3월 17일. 그날은 오우트의 서른두 번째 생일이었다.

에반스와 오우트의 시체는 그 뒤에도 끝내 발견되지 않았다. 훗날 구조대가 찾아낸 건 오우트의 찢어진 침낭뿐. 발과 다리의 심한 동상으로 인해 침낭에 드나들기가 불편했던 그는 침낭을 칼로 찢어서 사용했다고 한다. 자기를 희생시켜 동료들을 구하려 했던 오우트의 유일한 유품인 그 침낭은 현재 영국 캠브리지 시에 있는 '스코트 극지 연구소'에 전시되어 있다.

스코트의 장렬한 최후

휘이잉— 휘이이이이—.

이틀간 멎었던 눈보라가 20일 아침에 또다시 대원들을 덮쳤다. 스코트는 즉시 텐트를 치라고 지시한 다음 바워스

스코트는 원래 남위 80도 지점에 식량 창고를 만들 계획이었다. 그런데 짐을 싣고 가던 말들이 추위를 이기지 못하는 바람에 하는 수 없이 그보다 50km 북쪽인 79도 28분 30초 지점에 창고를 지었다. 만일 창고를 예정대로 80도 지점에 지었다면 스코트 탐험대는 무사했을지도 모른다. 눈보라가 치기 전에 창고에 도착했을 테니까.

대원을 시켜서 현재 위치를 확인했다. 남위 79도 39분. 지옥 같던 산맥의 빙하를 무사히 통과하고 로스 빙붕도 3분의 2 가까이 지나왔지만 기지까지는 아직도 먼 거리였다.

"기운들 내! 아직 절망하기엔 일러."

스코트는 힘없이 드러누워 있는 대원들의 어깨를 다독이며 힘을 불어넣었다. 식량과 연료가 바닥난 상태에서 그가 붙잡고 있는 마지막 희망은 식량 창고였다. 기지에서 탐험을 준비할 때 세워두었던 식량 창고가 이 근처에 있었던 것이다. 창고의 위치는 남위 79도 28분 30초. 텐트에서 북쪽으로 약 20km 가량 떨어진 곳이었다.

"날씨만 좋으면 창고까지 이틀이면 충분해. 그러니까 조금만 더 버티자."

"대장, 거기까지만 가면 비스킷 실컷 먹어도 되는 거죠?"

"물론이지. 아예 봉지까지 다 먹으라구."

억지로 농담을 주고받는 스코트와 노빈손. 그러나 문제는 날씨였다. 눈보라가 멎기 전에는 20km는 고사하고 단 2km도 나아갈 수 없는 상황이었으니까. 설령 멎는다고 해도 대원들이 완전히 탈진한 뒤라면 아무 소용이 없다.

지금 그들이 할 수 있는 일은 단 하나, 부디 하루빨리 날씨가 개어 주기를 간절히 기도하는 것뿐이었다.

3월 21일. 눈보라가 멎기는커녕 점점 더 심해졌다.

3월 23일. 마지막으로 남아 있던 비스킷 두 쪽을 넷이서 절반씩 나눠 먹었다.

3월 25일. 동상에 걸린 윌슨의 발가락이 썩어 들어가기 시작했다.

3월 27일. 바워스가 혼수상태에 빠졌다.

그리고 3월 28일 밤.

"스코트. 자고 있나?"

"아니, 윌슨. 나 깨어 있다네."

"미안하네. 지난달에 내가 시간만 허비하지 않았어도 지금쯤 창고에 도착했을 텐데."

"무슨 소릴! 자넨 학자로서 당연한 일을 한 거야."

스코트와 윌슨은 대장과 대원이기 이전에 평생 동안 우정을 나눠 온 오랜 친구였다. 탐험가인 스코트와 생물학자인 윌슨은 지금껏 지구상의 수많은 장소들을 누비며 시련과 영광을 함께 겪어 왔다.

윌슨은 지난 2월초에 빙하 근처에서 식물 화석을 채집한 적이 있었다. 생전 처음 보는 희귀한 화석들을 보는 순간 학자로서의 호기심과 사명감이 발동했던 것이다. 혹독한 굶주림과 추위 속에서 그런 일을 한 것도 놀랍지만, 더 놀라운 건 스코트의 태도였다. 윌슨을 위해 금쪽 같은 시간을 무려 이틀이나 기꺼이 내주었으니까. 조금 전에 윌슨이 미

동상이 심할 때 상처 부위가 썩어 들어가는 것은 혈관이 파괴되어 피부 세포가 산소 공급을 받지 못하기 때문. 호흡을 통해 혈액으로 들어간 산소는 혈색소(헤모글로빈)와 결합하여 온몸으로 운반되는데, 혈관이 손상되면 그게 중단되므로 살이 썩게 되는 것이다. 손발이 유독 동상에 잘 걸리는 건 그 부위에 집중된 가느다란 모세혈관들이 추위에 쉽게 손상되는 탓이다.

월슨이 비어드모어 빙하에서 채집했던 식물 화석의 양은 약 16kg. 과학 연구나 표본 채집에는 전혀 관심이 없이 오직 승리에만 관심을 쏟았던 아문센과 달리, 스코트 탐험대는 생명이 위태로운 순간에도 결코 탐험가와 과학자의 임무를 저버리지 않았다. 그들이 최후의 순간까지 간직하고 있었던 그 화석들은 런던에 있는 '자연사 박물관'에 지금까지도 전시되어 있다.

안하다고 한 것도 그때의 일 때문이었다.

"내 잘못이 커. 그깟 화석이 뭐가 중요하다고……. 다 나 때문이야."

"아니라니까. 식물 화석 채집은 과학자뿐 아니라 탐험가에게도 중요한 임무야. 난 자네가 내 친구라서 시간을 준 게 아니라 탐험대장으로서 임무에 충실했던 것뿐이라네."

"고맙네. 그렇게 말해줘서."

똑—. 월슨의 눈에서 눈물이 천천히 흘러내렸다. 하지만 입가엔 아주 희미하게나마 잔잔한 미소가 떠오르고 있었다.

눈보라는 여전히 그치지 않고 세차게 불어왔다.

이튿날 아침. 스코트가 세 사람의 이름을 차례로 불렀다.

"바워스!"

대답이 없었다.

"월슨!"

역시 아무런 대답이 없었다.

"빈손!"

끙! 왜 자꾸 부르고 야단이야? 기운 없어 죽겠는데…….

노빈손이 눈썹을 찡그리며 모기 소리처럼 작은 목소리로 대답했다.

"왜요?"

녀석, 보기보다 꽤 강하군. 제일 오래 버티는 걸 보

니……. 스코트는 희미하게 웃으며 처음이자 마지막으로 노빈손에게 한 가지 부탁을 했다.

"미안하지만, 내 일기장 좀 갖다 주겠나?"

맙소사! 그것조차 못할 정도로 힘이 빠졌다니! 노빈손은 가슴이 미어질 듯한 안타까움을 느끼며 천천히 몸을 일으켰다. 그리고는 엉금엉금 기어서 일기장과 펜을 가져다주었다.

스코트는 아주 담담한 표정으로 다음과 같은 짤막한 글을 남겼다.

우리는 마지막까지 훌륭하게 버텼다.

하지만 힘이 점점 빠진다. 이제 죽음이 멀지 않은 것 같다.

원통하다…… 더 쓸 기운이 없다…….

신이여, 부디 나의 가족들을 돌보아 주소서.

1912. 3. 29. 스코트

펜을 내려놓고 나서 스코트는 노빈손에게 가만히 고개를 끄덕였다. 부디 너는 꼭 살아서 돌아가기를 바란다는 듯이. 슬픈 표정으로 마주 고개를 끄덕이는 노빈손의 꺼칠한 얼굴이 바로 스코트의 눈에 담긴 마지막 장면이었다. 이윽고 그의 눈이 스르르 감겼고, 그는 그 부리부리하던 눈을 두

번 다시 뜨지 못했다.

비운의 영웅 스코트는 남극의 눈보라 속에서 그렇게 숨을 거두었다.

1912년 3월 29일의 일이었다.

눈보라 속으로

노빈손은 말없이 스코트의 곁으로 다가갔다. 그리고는 옆에 누워 있는 윌슨의 가슴 위에 스코트의 손을 올려놓았다. 두 친구는 이제 생의 마지막 순간에 서로의 체온을 나누며 함께 하늘나라로 떠나갈 것이었다.

"다 떠났어. 모두 다⋯⋯."

마른울음을 끅끅 삼키며 노빈손은 천천히 자리에서 일어섰다. 여기에 멍하니 앉아서 다가오는 죽음을 기다릴 순 없는 노릇이었다. 힘이 남아 있을 때 단 100m라도, 아니 단 한 걸음이라도 더 북쪽으로 움직여야만 했다. 그것만이 스코트와의 마지막 약속을 지키는 길이었고, 생존의 가능성을 0.1%라도 더 높이는 길이었다.

노빈손은 후들거리는 다리를 간신히 추스리며 텐트를 떠날 준비를 했다. 일단 대원들의 배낭에서 스웨터 몇 벌을

꺼내 최대한 껴입고, 등산용 칼과 약간의 성냥을 호주머니에 챙겼다. 그런 다음 제일 튼튼한 썰매 한 대를 골라서 끈을 허리에 질끈 동여맸다. 비록 빈 썰매지만 머지않아 그게 필요한 상황이 생길 것만 같았다.

스키를 신고 스틱을 양손에 단단히 움켜쥔 다음, 노빈손은 누워 있는 세 사람에게 마지막 작별 인사를 보냈다. 그리고는 천천히 텐트 문을 열고 밖으로 나섰다. 이제부터는 어느 누구의 도움도 없이 오직 혼자만의 힘으로 남극의 눈보라를 헤치고 나가야 하는 것이다.

휘이이이이이이—.

사람마저 날려보낼 것 같은 매서운 눈보라. 노빈손은 크게 심호흡을 한 다음 용감하게 그 속으로 들어섰다. 굵은 눈발이 벌떼처럼 날아와 세차게 얼굴을 때렸고, 바람소리가 송곳처럼 따갑게 고막을 찌르며 귓속으로 파고들었다.

"불어라! 얼마든지 불어라! 나 노빈손, 이 정도로는 절대 쓰러지지 않아. 내가 누군데! 한국 최고의 터프 아줌마인 울엄마의 아들이고, 세계 최고의 터프걸인 말숙이의 남자 친구잖아. 그뿐인 줄 알아? 무인도와 아마존과 버뮤다를 두루 거친 불굴의 모험가이기도 하지. 이 정도는 진짜 우습다구!"

이를 악물고 걸어가는 노빈손의 뒷모습이 뿌연 눈보라 속으로 서서히 사라졌다.

스코트 일행을 발견한 구조대원들은 유품만 수거하고 시체는 침낭으로 싸서 그 자리에 묻었다. 죽은 사람을 옮기지 않고 그 자리에서 수장시키는 게 영국 해군의 관례였기 때문. 그들은 유해 위에 눈더미를 쌓아 무덤을 만들고 스키로 십자가를 만들었다. 무덤 속에는 스코트의 업적과 탐험대의 행적, 그리고 구조대원 전원의 서명이 담긴 엄숙한 글을 함께 묻었다고 한다.

무덤을 떠난 구조대원들은 로스 섬으로 가서 스코트의 기지가 내려다보이는 언덕 위에 십자가를 세웠다. 그리고 영국의 시인 알프레드 테니슨의 시를 십자가에 새겨 놓았다. '힘쓰고 추구해서 찾았노라. 그리고 굴하지 않았노라.' 지금도 남극을 찾는 방문객들은 그 십자가 앞에서 시를 읽으며 영웅들의 위대했던 삶을 가만히 떠올리곤 한다.

"빈손! 힘내! 내가 널 지켜줄게……."

어디선가 스코트의 목소리가 바람에 섞여 들려오는 것 같았다.

텐트가 그의 웃음처럼 힘차게 펄럭거렸다.

5

햇살 아래서 눈을 뜨다

간질간질—.

뭔가 이상한 것이 자꾸만 코를 간지럽혔다.

비몽사몽간에 얼굴을 이리저리 움직이며 귀찮은 표정을 짓던 노빈손이 갑자기 요란하게 재채기를 하기 시작했다. 코끝에서 맴돌던 그 물체가 느닷없이 콧구멍 속으로 쑥 들어왔던 것이다.

"에취! 에엣취!!"

대체 어떤 녀석이야? 감히 남의 귀한 콧구멍을……

버럭 신경질을 내며 고개를 든 노빈손의 눈에 작은 새끼 갈매기 한 마리가 휘리릭 날아오르는 것이 보였다. 녀석이 겁

도 없이 제 부리로 노빈손의 코를 콕콕 쪼아댄 모양이었다.

지저분한 녀석, 코딱지를 꺼내 먹으려 하다니…… 라고 중얼거리다 말고, 노빈손은 갑자기 '헉!' 하고 놀라며 몸을 벌떡 일으켰다.

여기가 어디야? 내가 왜 바닷가에 누워있는 거지? 해는 또 왜 이리 쨍쨍한 거야? 조금 전까지만 해도 분명히 눈보라 속이었는데!

"맞아, 아까 거기에서……."

노빈손의 뇌리에 조금 전의 기억이 조금씩 떠오르기 시작했다. 텐트를 떠나 한동안 걷던 그는 결국 추위와 허기를 이기지 못하고 얼음 위에 쓰러져버렸다. 그리고는 가물거리는 정신으로 엄마와 말숙이를 번갈아 부르다가 정신을 잃었다. 그리고 지금, 햇살이 내리쬐는 바닷가에서 다시 깨어났던 것이다.

"시계! 또 너냐?"

이제 노빈손은 별로 놀라지도 않았다. 뻔하지 뭐. 자고 나면 이상한 곳으로 옮겨진 게 어디 한두 번이야? 그래도 요번엔 좀 낫군. 거기 그냥 쓰러져 있었으면 완전히 냉동 인간이 될 뻔했는데.

"그나저나, 아까 내가 마지막으로 했던 생각이 뭐였지?"

노빈손이 정신을 잃기 전에 떠올렸던 건 딱 두 가지였다. 따뜻한 불과 푸짐한 음식! 모닥불을 피워놓고 고기를 구워

먹는 장면을 언뜻 상상했던 것 같기도 했다. 중요한 건, 지금까지 시계가 늘 노빈손의 생각에 맞춰서 움직여 왔다는 점이다. 그렇다면?

"이 근처에 분명히 있어. 내가 원했던 것들이. 으하하! 이제 살았다."

노빈손은 호탕하게 웃으며 스틱을 짚고 일어섰다.

휘청─. 심한 현기증이 일면서 눈앞에 별이 번쩍거렸지만 상관없었다. 이제 곧 허기진 배를 채울 수 있다고 생각하니 갑자기 없던 힘이 불끈불끈 솟아나는 것 같았다. 날씨는 여전히 추웠지만, 눈보라 대신 해가 중천에 떠 있다는 것만으로도 왠지 몸이 따뜻해지는 기분이었다.

끼룩! 끼루룩!

아까 그 갈매기가 입맛을 다시며 머리 위를 빙빙 맴돌고 있었다.

"거 참 이상하네."

노빈손이 고개를 갸웃하며 눈썹을 잔뜩 찌푸렸다. 벌써 한 시간째 주변을 샅샅이 훑었지만 푸짐한 음식은 고사하고 삐쩍 마른 펭귄 한 마리도 보이질 않았던 것이다. 어두워지기 전에 식량과 연료를 찾아내지 못하면 더 이상 움직일 기운이 없을 정도로 힘이 빠져버릴 게 분명했다.

"분명히 어딘가에 있을 텐데."

얼음의 증언 ② 공기방울의 비밀

눈이 다져져서 얼음이 되면 그 틈 속에 들어 있던 공기가 얼음 속에 갇혀 공기방울을 만든다. 두께가 2~4km나 되는 남극 대륙의 얼음 아랫부분은 수십만 년 전에 쌓였던 눈이 언 것이고, 그 속의 공기방울들 역시 수십만 년 전의 것이다. 그 공기방울들은 까마득한 옛날의 지구의 비밀을 고스란히 간직하고 있는 '대기 화석'인 셈이다.

지자기 남극점 근처에 있는 러시아의 보스뜨끄 기지에서는 3,700m가 넘는 깊은 곳까지 얼음을 뚫어 공기의 성분을 분석했다. 그 결과 42만 년 전부터 지금까지 지구에 네 번의 커다란 기후 변화가 있었다는 게 확인되었다. 또 12만5천 년에서 13만 년 전 사이엔 남극해가 지금보다 훨씬 더 따뜻하고 해수면이 6~7m 가량 높았다는 것도 확인되었다.

다시 주위를 둘러보던 노빈손의 눈길이 문득 한 곳에서 멎었다. 100m쯤 떨어진 해변에서 뭔가 거무튀튀한 물체 하나가 눈에 띄었던 것이다. 지금까지는 그냥 갯바위려니 생각하고 무심코 지나쳤는데, 자세히 보니 바위치고는 생김새가 독특했다. 게다가 물체의 위치가 바다 쪽으로 약간 움직인 것 같기도 했다.

"일단 가 보자."

휘청거리는 다리로 부리나케 달려가던 노빈손의 입이 조금씩 옆으로 벌어지기 시작했다. 히죽—. 히죽히죽—. 그리고 잠시 후,

"만세! 만세!!"

느닷없이 두 팔을 번쩍 들어 만세를 부르는 노빈손. 드디어 찾았다! 그 물체는 바위가 아니라 큼지막한 '코끼리 해표'였던 것이다. 보아하니 몸 어딘가에 심한 상처를 입어서 움직이지 못하고 저렇게 가만히 웅크리고 있는 모양이었다.

"됐어! 저거 한 마리면…… 으흐흐흐."

노빈손이 이토록 기뻐하는 데는 이유가 있었다. 몸무게가 3~4톤이나 되는 코끼리 해표는 엄청난 양의 고기를 제공해 주는 최고의 사냥감이다. 게다가 한 마리만 잡아도 자그마치 수백 리터에 달하는 기름을 얻을 수 있다. 섀클턴 탐험대가 얼음 속에 갇혔을 때 대원들에게 가장 인기 있었던 동물이 바로 코끼리 해표였던 것이다.

노빈손으로서는 식량과 연료 고민을 동시에 해결할 수 있는 엄청난 횡재를 한 셈이었다.

"성냥을 가져온 게 천만다행이로군."

잠시 후, 남극의 바닷가에서는 아주 엽기적인 광경이 펼쳐졌다. 해표 다리 하나를 주머니칼로 싹둑 잘라내어 살코기와 기름을 분리하는 노빈손. 외투 속에 입고 있던 스웨터를 훌러덩 벗은 다음 기름에 싹싹 버무리는 노빈손. 그리고 그 옷뭉치를 스틱 끝에 꽁꽁 동여맨 다음 불을 붙여서 쥐불놀이하듯 마구 휘두르는 노빈손.

극장에서도 볼 수 없고 만화책에서도 볼 수 없는 희한하고 괴상한 장면이었다.

그날 밤, 해변에는 갈매기떼 수백 마리가 구름처럼 모여들었다. 지글거리며 익어 가는 구수한 해표 고기 냄새를 맡고 사방에서 몰려든 불청객들이었다.

가자! 해를 따라 서쪽으로

"가느냐 마느냐, 그것이 문제로다."

벌써 다섯 시간째였다. 노빈손의 심각한 고민이 시작된 지가. 지금 그는 이곳에 머무르며 구조되길 기다릴지, 아니면 해변을 떠나 직접 새로운 길을 찾아나설지 망설이는 중이었다. 둘 다 나름대로 장단점이 있기 때문에 그 중 하나를 선택하기가 좀처럼 쉽지 않았다.

해변에 머무른다면 당분간 식량과 연료 걱정은 하지 않아도 된다. 얼음으로 서투르게나마 이글루를 짓고 에스키모처럼 생활할 수도 있을 것이다. 하지만 그러다 보면 자칫 평생을 여기에서 외롭게 보내게 될지도 모른다.

만일 해변을 떠난다면? 아마도 힘들고 위험한 일이 훨씬 더 많을 것이다. 식량과 연료가 떨어져서 스코트처럼 비참한 최후를 맞을 수도 있다. 그렇지만 도중에 사람을 만나거나 탐험 기지를 발견하기만 하면 다시 문명 세계로 돌아갈 기회가 생긴다. 그러므로 비록 가능성은 낮지만 도전해 볼 만한 가치는 충분히 있었다.

"막막하군. 여기가 어딘지도 모르고 지금이 언제인지도 모르니."

노빈손은 목걸이 시계를 힐끗 내려다보았다. 어제 바닷가로 이동하면서 시계 바늘은 오른쪽으로 꽤 많이 돌아간 상태였다. 1950년대? 아니면 1960년대? 대충 그 언저리가 되는 것 같았다. 하지만 여기가 어디쯤인지 알아낼 만한 실마리는 아무것도 없었다.

"가느냐, 마느냐! 가느냐, 마느냐!"

고민에 고민을 거듭하던 노빈손이 문득 고개를 위아래로 끄덕거렸다. 드디어 뭔가 결정을…… 한 게 아니라 피곤함에 지쳐서 깜박 잠이 든 것이었다.

몽롱한 의식 속으로 쟁반처럼 넓은 말숙이의 얼굴이 다가왔다. 말숙이는 몹시 화난 얼굴로 다짜고짜 노빈손을 나무라기 시작했다.

"노빈손! 이 밥통아. 뭘 그렇게 고민해? 당연히 떠나야지. 거기 그러고 있으면 누가 배를 태워 주니, 아니면 비행기 표를 사 주니? 어떻게든 움직여 봐야 뭔가 희망이 생길 거 아냐! 나 다시 만나기 싫어? 싫으면 그냥 거기서 살고."

딸꾹―. 노빈손이 흠칫 놀라며 눈을 번쩍 떴다. 그리고 이번엔 정말로 뭔가 결심한 듯 고개를 크게 끄덕거렸다.

최근엔 미국의 과학자들이 남극점 부근의 얼음을 깊이 파내기 시작했다. 우주 탄생의 비밀을 간직한 '뮤중간자'와 '중성미자'라는 작은 입자들을 찾아내기 위한 것. 만일 우주 생성 초기의 중성미자가 남극의 깊은 얼음 속에 남아 있다면 인류의 과학은 가히 획기적인 발견을 하게 되는 셈. 21세기의 천문학자들은 하늘만 쳐다보는 게 아니라 남극의 얼음 속도 들여다본다는 얘기다.

"말숙이 말이 맞아! 여기 있으면 뭐해, 아무런 희망이 없는데. 무조건 떠나고 보는 거야! 공자님도 그러셨잖아. 구하라, 주실 것이요! 두드리라, 열릴 것이다!"

10초 후, 노빈손은 고개를 갸웃하며 중얼거렸다.

"공자님 맞나? 아닌 거 같은데."

다시 30초 후.

"맞아, 부처님이었어."

싹둑싹둑―.

쓰윽쓰윽―.

해표 고기와 기름이 해변에 산더미처럼 쌓였다. 노빈손이 썰매에 싣고 떠날 식량과 연료였다. 어차피 통째로 갖고 갈 수는 없으니까 등심이랑 갈비만 가지고 가야지. 그래도 최소한 3개월은 버틸 수 있을 거야……. 날씨가 추워서 고기가 부패할 염려가 없다는 게 그나마 다행이었다.

노빈손은 해표 가죽을 꼼꼼히 벗겨낸 다음 두 조각으로 잘랐다. 그리고는 넓게 펼친 가죽 위에 고기와 기름을 각각 올려놓고 보자기처럼 단단히 묶은 다음 썰매에 실었다. 가파른 오르막 빙판만 아니라면 직접 끌고서도 그럭저럭 움직일 수 있을 정도의 무게였다.

"그런데, 어느 쪽으로 가야 하지?"

동서남북 중에서 무조건 하나를 골라야 하는 상황. 하지만 북쪽은 바다가 가로막고 있기 때문에 갈 수가 없다. 그렇다면 남은 방향은 세 곳이다. 해안선을 따라 오른쪽으로 가면 동쪽, 왼쪽으로 가면 서쪽. 그리고 바다를 등진 채 반대방향으로 가면 남쪽.

해가 뜨는 동쪽으로 갈까? 아니면 해가 지는 서쪽으로 갈까? 아니면 따뜻한 남쪽으로…… 라고 생각하다 말고 노빈손은 픽 웃으며 제 머리를 가볍게 쥐어박았다. 남극 대륙에서 남쪽이면 당연히 남극점 방향이 아닌가! 여기에서는 남쪽으로 갈수록 따뜻해지는 게 아니라 반대로 점점 더 추워진다는 걸 뒤늦게 깨달았던 것이다.

"남쪽은 빼고, 동? 서? 에라, 모르겠다. 평소에 하던 대로 하지 뭐."

노빈손의 평소 방식! 그건 다름 아닌 '침'이었다. 손바닥에 침을 뱉어놓고 탁 쳐서 침이 튀는 쪽으로 가는 것! 바로 그게 노빈손이 애용하는 '방향 결정법'이었던 것이다.

바다를 마주보고 선 채 노빈손은 잠시 입을 오물거렸다. 그리고는 장갑을 벗고 손바닥을 입으로 가져갔다. 퉤퉤! 그리고는, 탁!

찔꺽—.

"오케이! 서쪽!"

낭랑한 목소리가 남극의 바닷가에 울려 퍼졌다. 올림픽 성화 주자처럼 멋진 폼으로 횃불을 집어든 다음, 노빈손은

얼음의 증언 ⑧ 북극으로 날아간 납 가루

북극 그린란드의 얼음에서는 로마 시대와 18세기, 그리고 20세기에 지구의 공기 중에 섞인 납의 양이 엄청 늘어났다는 게 확인되었다. 로마 시대는 사람들이 납을 이제 막 이용하기 시작한 때였고, 18세기는 산업혁명 때문에 납 사용이 엄청 늘어났던 시기다. 또 20세기엔 자동차의 증가로 인해 납 사용이 폭증하던 시기다. 남극 얼음은 문명세계와 워낙 멀기 때문에 납의 흔적이 북극만큼 또렷하진 않다.

남극 얼음 속의 공기를 분석
하면 까마득한 옛날 그 부근
의 지형을 알 수 있다. 그
근거가 되는 건 땅의 높이에
따라 공기의 성분 비율이 달
라진다는 것. 가령 산꼭대기
의 산소량은 평지에 비해 훨
씬 더 적다. 그러므로 산소
가 적게 섞인 얼음이 나왔다
면 그곳은 과거에 고도가 높
았다는 뜻이 된다. 남극의
얼음은 이처럼 수많은 정보
들을 인간에게 알려주는 투
명한 역사책이다.

서쪽으로 천천히 걸음을 옮기기 시작했다.

산꼭대기에서 치솟는 얼음기둥

"에휴, 정말 가도가도 얼음뿐이로구나."

노빈손은 눈앞에 펼쳐진 드넓은 빙판을 아득한 눈빛으로
바라보았다. 길을 나선 지 오늘로 1주일째. 아문센에게 배
웠던 대로 매일 다섯 시간씩 걷고 나머지는 쉬면서 해안선
을 따라왔다. 하지만 그때와 달리 이번엔 썰매를 직접 끌어
야 했기 때문에 이동거리는 그리 길지 않은 편이었다.

"사람은커녕 개미 새끼 한 마리 볼 수가 없으니."

그건 당연한 일이다. 남극에는 개미가 없으니까. 노빈손
은 뒤늦게 그걸 깨닫고 쓴웃음을 지으며 제 머리를 슬쩍 쥐
어박았다. 벌써 몇 달째 하얀 얼음 위에서만 지내다 보니 왠
지 머리 속도 점점 하얗게 비어 가는 것 같았다.

"사람 발자국이라도, 아니면 하다못해 사람이 버리고 간
쓰레기라도 발견하면 좋을 텐데. 그러면 조금이라도 덜 막
막할 거 아냐."

흐유―. 노빈손은 한숨을 내쉬며 다시 얼음 위로 걸음을
옮겼다. 휘이잉― 시린 바람이 바늘처럼 따갑게 살갗을 찌

르며 파고들었다.

"앗! 산이다."

노빈손이 눈을 빛내며 모처럼 반가운 표정을 지었다. 저 만치 앞에서 높다란 산봉우리 하나가 우람한 모습을 드러 냈던 것이다. 사방이 휑하게 뚫린 막막한 얼음 세상에서 평지가 아닌 곳을 발견한 건 이번이 처음이었다.

노빈손은 문득 가슴이 뛰는 것을 느꼈다. 지난번 아문센 탐험 때 산기슭에 식량을 묻어두었던 일이 퍼뜩 떠올랐기 때문이다. 어쩌면 저 산 밑에도 다른 탐험대가 식량을 묻어 놨거나 식량 창고를 지어놨을지 모른다. 운이 좋다면 산 밑에서 탐험대원들을 직접 만나게 될지도 모를 일이었다.

"가만, 그런데……."

뭔가 좀 이상하다는 듯한 표정. 노빈손의 눈길이 멎은 곳은 다름 아닌 산꼭대기였다. 만년설에 뒤덮여 있어야 할 남극의 산꼭대기가 뜻밖에도 거뭇하게 맨땅을 드러내고 있었던 것이다. 산기슭부터 봉우리까지 온 산을 새하얗게 덮고 있는 눈이 왜 유독 꼭대기에는 쌓이지 않은 것일까? 설마 하니 저 위에 눈 치우는 청소부가 살고 있을 리도 없고.

"좀 더 가까이 가면 알게 되겠지."

노빈손은 고개를 갸웃거리며 다시 썰매를 끌기 시작했다.

추운 남극엔 화산이나 온천이 전혀 없을 것 같지만 그렇지 않다. 남극 반도 부근에 있는 디셉션 섬은 섬 전체가 거대한 화산이다. 지금도 연기를 내뿜고 있는 이 활화산은 1967년, 1969년, 1970년에 세 차례나 폭발을 일으켰으며, 그로 인해 얼음이 녹으면서 쏟아진 물로 영국과 칠레의 기지가 박살난 적도 있다. 디셉션 섬의 해안은 뜨거운 김이 모락모락 오르는 천연 온천이다.

동남극 로스 섬에 있는 에레
버스 산(3,794m)과 빅토리
아 랜드의 멜버른 산(2,827
m) 역시 활화산이다. 지름
800m에 깊이가 270m나
되는 에레버스 산 정상의 분
화구에서는 지금도 연기가
솟고 있으며, 주변에 있는
작은 화구들에서는 용암까
지 흘러나온다. 1972년엔 뉴
질랜드의 용감한 과학자 두
명이 에레버스 정상의 분화
구 속으로 직접 내려가 본
적도 있다.

“어라! 저게 뭐지?”

노빈손이 또다시 눈을 둥그렇게 뜨며 걸음을 멈췄다. 산 꼭대기에서 뿌연 연기 같은 것이 하늘로 솟아오르고 있었던 것이다. 혹시 구름인가 했지만 아무리 봐도 구름은 아니었다. 세상에 산에서 하늘로 올려보내는 구름은 없으니까.

“목욕탕도 아니고, 온천도 아니고, 대체 저게 무슨 연기야? 혹시…… 화산? 에이, 설마. 꽁꽁 얼어붙은 남극에 무슨 화산이 있을라구?”

노빈손은 말도 안 된다는 듯 고개를 저으며 그 정체불명의 연기를 가만히 바라보았다. 맨땅을 검게 드러낸 산꼭대기. 그리고 거기에서 솟아나는 연기. 그 기묘한 현상의 원인을 이리저리 추측하며 머리를 굴리는 순간.

슈웃―.

파파파팟―.

“으아앗!”

기겁을 하며 엉덩방아를 찧는 노빈손. 놀라운 일이었다. 가스가 폭발하는 듯한 요란한 소리와 함께 산꼭대기에서 갑자기 거대한 얼음기둥이 하늘로 치솟는 게 아닌가! 높이가 거의 50m나 되는 얼음기둥의 꼭대기에선 짙은 회색 연기가 뭉클뭉클 피어올랐다. 마치 대형 공장의 굴뚝에서 연기를 내뿜는 것 같은 놀라운 풍경이었다.

“어으으!”

178

노빈손은 엉덩이가 아픈 것도 잊고 입을 떡 벌린 채 멍하니 그 풍경을 쳐다보았다.

내 생각이 옳았어. 산꼭대기는 바로 화산의 분화구였던 거야. 그래서 뜨거운 열 때문에 분화구 주위에만 눈이 쌓이지 않았던 거야. 설마 했었는데 정말로 남극에 화산이 있을 줄이야. 그것도 연기를 내뿜는 활화산이…….

슈우웃──.

연기는 좀처럼 잦아들지 않고 한동안 맹렬하게 솟구쳤다. 햇빛을 받아 보석처럼 반짝거리는 얼음기둥의 신비한 모습을 보며, 노빈손은 그게 화산 가스 속에 섞인 수증기가 얼면서 생겨난 것임을 비로소 알 수 있었다.

남극의 사막! 드라이 밸리

힘겨운 행군이 하루하루 이어졌다. 저 멀리 등 뒤에서는 화산이 여전히 뿌연 연기를 스멀스멀 내뿜고 있었다. 혹시 산기슭에서 사람의 흔적을 찾을지도 모른다는 노빈손의 기대 역시 연기처럼 사라져버린 지 오래였다. 탐험대원들이 썰매를 끌고 올라가기엔 산비탈의 경사가 너무나 가팔랐던 것이다.

"그렇게 험한 코스로 등산을 하는 사람이 있을 턱이 없지!"

하지만 아직 희망이 완전히 사라진 건 아니었다. 화산 뒤쪽으로도 산줄기가 아주 길게 이어지고 있었으니까. 비록 첫 번째 기대는 실망으로 끝났지만, 지금 노빈손의 가슴에는 또 하나의 새로운 희망이 생겨나고 있는 중이었다.

"어쩌면 이건 남극종단산맥이 아닐까? 계속 가다 보면 지난번의 그 산기슭에 닿을지도 몰라. 아문센 이후에도 많은 탐험가들이 그 코스를 따라서 남극점으로 향했을 테니까, 거기에서 사람을 만날 가능성이 아주 없는 건 아니지."

억지로라도 희망을 만들어내며 스스로를 위로하는 노빈손. 해변을 떠난 지도 어느덧 한 달이 훌쩍 지났다. 썰매는 그만큼 가벼워졌지만 노빈손의 가슴은 날이 갈수록 쇳덩이처럼 무거워지고 있었다.

다시 보름이 지나갔다.

"이상하다. 왜 눈이 점점 줄어들지?"

갸웃—. 노빈손은 정말 궁금한 것도 많다. 지금 그는 고
개를 길게 빼고 주위를 이리저리 둘러보고 있는 중이었다.
세상은 여전히 눈과 얼음으로 뒤덮여 있었지만, 쌓여 있는
눈의 두께는 확실히 눈에 띌 정도로 줄어든 상태였다.

"땅바닥에도 화산이 있나? 그럴 리가 없는데."

갈수록 줄어드는 눈. 그리고 드문드문 조금씩 드러나기
시작하는 맨땅. 남극의 맨땅은 다른 곳과는 사뭇 달랐다.
풀이라고는 한 포기도 없이 오직 흙과 자갈과 바위만이 단
단하게 얼어붙어 있을 뿐이었다.

"저쪽으로 가면 어디지? 계곡인가?"

노빈손은 골짜기로 이어지는 좁은 길을 발견하고 그리로
들어섰다. 계곡 안쪽에 혹시 사람의 흔적이 있을지도 모른
다는 막연한 기대와 함께. 구불구불한 모퉁이를 돌아서 한
참 만에 도착한 계곡의 모습은 그러나 전혀 뜻밖이었다.

"헉! 이게 뭐야?"

눈앞에 넓게 펼쳐진 계곡의 풍경. 그건 눈과 얼음으로 뒤
덮인 하얀 세상이 아니었다. 그렇다고 지금까지처럼 눈과
맨땅이 뒤섞인 땅도 아니었다. 계곡 주위는 놀랍게도 메마
를 대로 메마른 거친 사막이었던 것이다. 주위엔 온통 갈색

드라이 밸리엔 지난 2백만 년 동안 비가 오지 않았다. 게다가 눈도 별로 내리지 않는다. 어쩌다가 내린 눈도 미처 쌓이기 전에 세찬 바람에 다 날려가버리기 때문에 골짜기 부근에서는 물이라고는 전혀 찾아볼 수가 없다. 단지 몇 개의 호수가 군데군데 자리를 잡고 있을 뿐이다. 기온이 영하 80℃에서 영상 15℃를 오르내리는 이 황량한 계곡은 이를테면 '사막 중의 사막'인 셈.

의 모래와 바위뿐이었고, 눈이라고는 단 한 줌도 보이지 않았다.

"말도 안 돼. 여긴…… 여긴 절대 남극이 아냐."

그럼 대체 어디란 말인가? 사하라 사막? 칼라하리 사막? 노빈손은 혹시나 하는 표정으로 목걸이 시계를 들여다보았다. 녀석이 자기를 또 이상한 곳으로 데려왔을지도 모른다고 생각하면서. 하지만 바늘은 여전히 같은 자리에 머물러 있었다. 눈밭이든 모래밭이든, 빙판이든 사막이든, 여기가 남극 대륙 위의 한 곳이라는 것만은 분명한 셈이었다.

노빈손은 스키를 벗어놓고 계곡 주위를 한동안 이리저리 돌아다녔다. 어쩌면 이 골짜기만 유독 이상한 동네일지도 모른다고 생각했지만 그렇지 않았다. 삭막하기 짝이 없는 메마른 사막이 끝이 보이지 않을 정도로 드넓게 펼쳐져 있었던 것이다.

"우와, 여긴 완전히 화성이로군."

언젠가 SF영화에서 보았던 화성의 풍경이 눈앞에 떠올랐다. 물이라고는 한 방울도 없는 황량하고 삭막한 땅. 그리고 끔찍한 추위와 무시무시한 바람. 지금 보고 있는 이 골짜기야말로 전형적인 화성의 모습이 아닌가! 어쩌면 그 영화의 촬영장소가 바로 여기였을지도 모른다는 엉뚱한 생각이 들 정도였다.

휘이이이이—.

　　차가운 모래바람이 골짜기 전체를 휩쓸며 지나갔다. 전혀 남극 같지 않은 남극. 이 계곡의 이름은 ‘드라이 밸리’였다.

이상한 호수

　　계곡에는 신기하게 생긴 돌들이 많았다. 제일 자주 눈에 띄는 건 삼각형 모양으로 생기고 표면에 줄무늬가 있는 납작한 자갈들이었다. 세찬 바람과 날리는 모래에 오랫동안 구르고 깎이느라 그렇게 된 것일까? 커다란 바위들 역시 바람과 모래에 닳아서 그런지 하나같이 표면이 매끈했다.

　　“완전히 별천지로군. 화성인들이 이민을 와도 되겠어…… 으응? 저게 뭐지?”

　　노빈손이 고개를 두루미처럼 길게 빼며 중얼거렸다. 저만치 앞에 있는 바위 너머로 뭔가 이상한 물체가 눈에 띄었던 것이다. 색깔은 여느 바위들과 비슷했지만 생김새는 영 딴판이었다. 뭐랄까, 마치 말라버린 찰흙덩어리 같은 느낌.

　　“근처에 저렇게 생긴 바위는 없었는데.”

　　궁금하면 가보면 되지 뭐……. 노빈손은 이 와중에도 호기심을 참지 못하고 바위를 향해 쪼르르 달려갔다. 그리고

드라이 밸리의 환경은 화성과 매우 비슷하다. 물론 중력이나 기압이 크게 다르고 (화성의 중력은 지구의 0.38배, 기압은 200분의 1) 산소량도 다르지만, 메마르고 황량한 땅과 세찬 바람과 추위 등은 화성을 완전히 빼다박았다. 실제로 70년대에 화성 탐사선 바이킹 호를 발사했던 NASA(미국항공우주국)에서는 드라이 밸리를 화성 표면과 가장 비슷한 환경으로 여기고 이곳에서 착륙 예행연습을 한 적이 있다.

는 물체 표면에 두텁게 엉겨붙은 모래와 흙을 스틱으로 긁어내기 시작했다.

드드득―. 그리고 잠시 후.

"허걱!"

페…… 펭귄이잖아!

두둥―. 그 물체는 오징어포처럼 바싹 말라붙은 펭귄의 미라였다.

"세상에! 사막에 펭귄이 있을 줄이야."

노빈손은 아직도 제 눈 앞에 있는 물체의 정체를 믿지 못하겠다는 표정이었다. 바닷가도 아니고 그렇다고 빙판도 아닌 이런 사막에 어떻게 펭귄이 나타날 수 있단 말인가! 가출한 펭귄? 여행중이던 펭귄? 아니면 스파이 펭귄?

"완전히 해외토픽감이로군. 근데, 이 녀석뿐인가? 혹시 같이 가출했던 친구들이 몇 마리 더 있는 거 아냐?"

하지만 바위 위로 올라가서 주변을 샅샅이 둘러봐도 더 이상의 펭귄은 보이지 않았다.

친구들 사이에서 왕따 펭귄이었던 게 분명해…… 라고 생각하는 순간, 세찬 바람이 땅을 휩쓸면서 곳곳에 움푹한 모래 구덩이들이 생겨났다. 노빈손이 무심코 그 구덩이들을 내려다보는 순간.

"허거걱―."

구덩이 속에서 모습을 드러낸 싯누런 물체! 땡볕에 말린 생선처럼 납작하게 눌러붙은 그 물체! 그건 다름 아닌 해표였다. 빳빳해진 가죽과 앙상한 뼈만 남은 해표 미라가 모래 속에 자그마치 수십 구나 파묻혀 있었던 것이다. 녀석들이 저런 모습으로 변하기까지는 어림잡아도 최소한 수천 년은 걸렸을 것이었다.

"이럴 수가!"

노빈손의 눈이 동태 미라처럼 흐리멍덩하게 변하기 시작했다.

"앗, 물이다!"

야호—. 노빈손이 환호성을 지르며 모래 비탈 밑으로 달려갔다. 멀리 자갈밭 너머로 드넓은 호수 하나가 시원스레 펼쳐져 있었던 것이다. 해변을 떠난 이후 지금껏 바다가 아닌 민물을 발견한 건 이번이 처음이었다.

"오! 나의 사랑하는 H_2O! 내 너를 얼마나 찾아다녔는지 아느냐?"

당장 물 속에 손을 담그려다 말고, 노빈손은 갑자기 흠칫 놀라며 동작을 멈췄다.

뭐야, 안 얼었잖아. 바다도 아닌 호수가 어떻게 남극에서 안 얼 수가 있지? 최소한 살얼음이라도 끼여 있어야 되는 거 아냐?

1958년에 남극을 찾았던 미국 탐험대는 드라이 밸리에서 빳빳해진 가죽과 뼈만 남은 52구의 해표 미라와 1구의 펭귄 미라를 발견했다. 길을 잃고 헤매다가 죽은 해표와 펭귄이 건조한 계곡 속에서 수천 년간 썩지 않고 남아 미라가 된 것. 하지만 녀석들이 대체 왜 이런 메마른 골짜기 속으로 오게 되었는지는 아무도 모른다. 노빈손 말대로 정말 가출을 했던 걸까?

여름에도 영하 20~30℃가 보통인 남극. 그리고 전혀 얼지 않은 호수. 이 오묘한 수수께끼를 풀기 위해 눈알을 데구르르 굴리는 순간, 호수 너머에서 세찬 바람이 맹렬하게 불어닥쳤다.

"앗, 따거!"

얼굴을 때리는 모래 알갱이들을 피하기 위해 황급히 엎드리던 노빈손이 다시 한 번 깜짝 놀란 표정으로 입을 떠억 벌렸다.

"저, 저게 도대체……."

물은 흔들리지 않았다. 엄청난 강풍이 물 위를 휩쓸고 지나갔는데도 호수는 조금도 출렁거리지 않고 여전히 거울처럼 잔잔했던 것이다.

혹시 아주 살짝이라도 얼어 있는 게 아닐까? 손가락으로 슬쩍 찔러보니 웬걸, 물은 아무런 저항도 없이 부드럽게 노빈손의 손가락을 받아들였다. 니 눈에는 내가 얼음으로 보이니?……라는 듯이.

잇달아 나타나는 신기한 현상에 완전히 넋이 나간 노빈손. 그의 눈길이 방금 물 속에 담갔던 손가락 끝에 멎었다. 대체 이 물은 무슨 맛일까? 물 같은 구석이 하나도 없는 걸로 봐서 아마 맛도 보통 물과는 다를 거야…….

호기심 어린 눈빛으로 손가락을 핥던 노빈손이 갑자기 오만상을 찌푸리며 비명을 질러댔다.

“으윽! 에퉤퉤—.”

맙소사! 그 물은 바닷물보다도 몇 배나 더 짠 오리지널 소금물이었다.

“잘 있거라. 남극의 사막이여. 덕분에 괴상한 구경만 실컷 하고 간다.”

노빈손은 서운한 표정으로 계곡을 향해 손을 흔들었다. 드라이 밸리를 통과하는 데 걸린 시간은 약 보름. 이제 해변을 떠난 지도 어언 두 달째로 접어들었다.

“그래도 이거 하나는 건졌네.”

빙판길에 염화칼슘을 뿌리는 이유

얼어붙은 찻길에 염화칼슘을 뿌리면 얼음이 거짓말처럼 스르르 녹는다. 얼음에 스며든 염화칼슘이 얼음 분자의 규칙적 배열을 흐트러뜨리기 때문. 염화칼슘이 얼음을 녹이고 다시 그 물에 염화칼슘이 녹는 과정이 되풀이되는 동안 주변의 온도는 점점 내려간다. 얼음의 융해와 염화칼슘의 용해가 둘 다 주위의 열을 빼앗는 흡열반응인 탓이다. 얼음에 염화칼슘을 뿌리면 온도를 영하 55℃까지 낮출 수 있으며, 그보다 더 추워지기 전엔 녹은 얼음이 다시 얼지 않는다.

1965년에 돈 후안 호수 복판의 바위 위에서 다른 곳에서는 볼 수 없었던 새로운 광물이 발견되었다. 네모나고 길쭉한 그 흰색 광물은 호수의 소금기(염화칼슘)와 물이 결합해서 생겨난 것. 일종의 소금 결정이라고 생각하면 된다. 과학자들이 '남극석'이라고 이름 붙인 이 광물은 보석처럼 아름답지만 온도와 습도가 높으면 금세 녹아버리기 때문에 건조한 돈 후안 호수 주변에서만 볼 수 있다.

노빈손은 손에 쥐고 있던 은빛 돌멩이를 흐뭇하게 바라보았다. 다이아몬드처럼 영롱한 빛을 뿌리고 있는 그 보석 같은 돌멩이는 며칠 전에 짠물 호수 근처의 바위틈에서 주운 것이었다. 네모나고 길쭉한 그 신기한 광물은 아마도 호수의 염분이 조금씩 말라붙으면서 생겨난 것 같았다.

"나중에 말숙이한테 선물로 줘야지."

어머머, 이 귀한 걸 나한테? 고마워, 빈손아. 너밖에 없어. 앞으로는 절대로 안 때릴게…… 호들갑을 떨며 기뻐하는 말숙이의 모습이 눈앞에 선하게 떠올랐다. 입가에 빙그레 미소를 띄우면서, 노빈손은 계곡을 뒤로한 채 기약 없는 발걸음을 옮겼다.

눈과 얼음이 늘어나면서 세상이 다시 하얗게 변하기 시작했다.

얼음 위에 남은 공룡의 흔적

"틀렸어. 이 산에서도 기대할 게 없겠어."

노빈손이 맥빠진 얼굴로 무겁게 한숨을 내뱉었다. 계곡을 벗어난 지 사흘 만에 다시 높다란 산의 기슭에 도착했지만, 이곳 역시 너무 험해서 탐험대의 이동 코스로는 적당하질 않았던 것이다.

출발할 때 불룩하던 보자기들은 이제 불쌍할 정도로 홀쭉하게 변해 있었다. 남은 분량은 약 한 달치 정도. 이제부터는 틈틈이 사냥을 해서 식량과 연료를 조달해야 할 것 같았다. 물론 사냥감이 눈앞에 나타난다는 보장은 없었지만.

"어휴, 힘들어. 오늘은 그만 걷고 좀 쉬어야겠네."

노빈손은 쉴 만한 장소를 찾기 위해 주위를 두리번거렸다. 바람을 피하고 몸을 기대기에 적당한 바위를 찾고 있는 것이다. 텐트가 없는 노빈손에겐 그런 곳만이 휴식을 취할 수 있는 유일한 장소였다.

"옳지. 저기가 좋겠군."

마침 쉬기에 안성맞춤인 바위를 발견한 노빈손은 서둘러 그리로 몸을 옮겼다. 그리고는 썰매 끈을 벗고 스키를 벗어서 기대놓은 다음 바위에 등을 기대고 비스듬히 누웠다. 그동안 쌓인 피로 때문인지 요즘엔 하루에 2~3시간만 걸어도 온몸이 쑤시면서 혼곤한 졸음이 쏟아지고는 했다.

"아얏! 이게 뭐야."

옆으로 돌아눕던 노빈손이 얼굴을 찡그리며 몸을 뒤틀었다. 뭔가 뾰족한 물체가 엉덩이를 푹 찔렀던 것이다. 손바닥만한 돌조각 하나가 날카로운 모서리를 드러낸 채 땅바닥에 뒹굴고 있었다.

돌멩이 따위가 감히 사람에게 똥침을 놓다니……. 돌조

남극의 호수는 땅 위에만 있는 게 아니다. 두께 3천 미터가 넘는 동남극의 두터운 얼음 밑에도 아주 거대한 호수가 있다. '보스또끄'라는 이름의 이 호수는 폭 40km에 길이가 250km로 경기도와 거의 맞먹는 크기이며 수심은 400m 정도다. 더 놀라운 건 얼음 밑에 화산도 있다는 사실. 1991년에 미국 과학자들이 서남극의 얼음 평원 밑에서 연기를 내뿜는 활화산을 발견한 것이다. 그런데도 화산 위의 얼음이 녹지 않는 건 워낙 두껍기 때문이며, 보스또끄 호 주변에도 화산이 숨어 있을 것으로 추측되고 있다.

각을 집어서 멀찍이 내던지던 노빈손이 갑자기 눈을 크게 뜨며 몸을 벌떡 일으켰다. 돌조각 표면에 뭔가 이상한 무늬가 새겨져 있는 것 같았다.

"뭘까? 설마 남극에 석기시대의 빗살무늬토기가 있을 리도 없고."

혹시 사람의 흔적? 노빈손은 갑자기 가슴이 쿵쿵 뛰는 걸 느끼며 재빨리 손을 뻗어 돌조각을 다시 집어들었다. 이어서 튀어나온 어이없는 한마디.

"고사리잖아!"

돌 표면에 선명하게 패인 고사리 무늬! 그 돌조각은 다름 아닌 고사리의 화석이었다.

"아무래도 이상해. 어떻게 남극에 고사리가 있을 수 있지?"

노빈손은 졸음도 잊고 골똘하게 생각에 잠겼다. 사막 계곡에서 펭귄이나 해표 미라가 발견된 건 그럭저럭 이해할 수도 있다. 어차피 똑같은 남극 대륙이고, 수천 년 전에는 바다랑 계곡이 지금보다 좀 더 가까웠을지도 모르니까.

하지만 고사리는 다르다. 고사리는 주로 열대나 온대지방에 서식하는 '양치식물'의 일종이다. 이렇게 추운 곳에서는 성장은커녕 싹조차 틔울 수가 없다. 그런데 남극 한복판의 얼어붙은 산기슭에서 고사리 화석이라니!

"옛날에는 남극도 따뜻했던 걸까?"

어쩌면 그랬을지도 몰라. 만화책에 의하면 지구의 기후는 수억 년 간 여러 번 바뀌었으니까. 북극에서 열대 동식물의 화석이 발견된 적도 있다잖아? 그러니까 남극도 옛날에는 어쩌면 아주 따뜻한 곳이었을지도 모르지. 비록 상상이 잘 안 가긴 하지만.

"이건 얼마나 오래된 화석일까? 1억 년? 아니면 2억 년?"

노빈손은 까마득한 옛날에 남극 대륙을 뒤덮었을지도 모르는 고사리를 물끄러미 내려다보았다. 나중에 집에 돌아가면 남극의 과거에 대해서 공부해 봐야지. 서점을 다 뒤지면 분명히 그런 내용이 담긴 만화책이 있을 거야……

스르르―. 노빈손의 눈이 천천히 감겼다. 스무 살 노빈손과 2억 살 고사리가 남극의 산기슭에서 나란히 누운 채 밤을 맞았다.

"어라, 저건 또 뭐지? 저것도 화석인가?"

터덜터덜 걸음을 옮기던 노빈손이 잠시 옆쪽으로 방향을 틀었다. 눈 덮인 너럭바위 옆에서 어제 본 것과 비슷하게 생긴 돌조각을 발견했던 것이다. 차이가 있다면 지금 본 게 훨씬 더 크고 길쭉하다는 것이었다.

"아무래도 여기가 고사리밭이었던 모양…… 으악!"

남극에서 곤드와나 대륙(아프리카+남아메리카+인도+호주+남극 대륙)의 존재를 증명해 주는 화석은 고사리만이 아니다. 인도와 아프리카에서 발견된 바 있는 파충류 '리스트로사우루스'의 화석이 1969년에 남극종단산맥에서도 발견되었으며, 몇몇 민물고기의 화석도 남극을 비롯한 여러 대륙에서 똑같이 발견되었다. 남극도 왕년에는 지금처럼 외딴 곳에 홀로 떨어진 땅이 아니었던 것이다.

고사리는 사라졌지만 남극에는 아직도 900여 종이나 되는 식물이 있다. 그 중 대부분은 세포가 하나뿐인 조류이며, 바위에 붙어 사는 지의류와 선태류(이끼류)도 꽤 많다. 꽃이 피는 식물은 딱 두 종이며 나무는 하나도 없다. 그 꽃들도 너무 작아서 현미경으로 봐야 겨우 보일 정도라고 한다. 여름이 되어 눈이 녹으면 남극 해안은 땅을 뒤덮은 지의류와 이끼로 인해 마치 연두색 카페트를 깔아놓은 것처럼 보인다.

노빈손이 갑자기 기겁을 하며 돌조각을 떨어뜨렸다. 육중한 돌이 발등을 세게 찧었지만 노빈손은 아픈 것도 느끼지 못한 채 슬금슬금 뒤쪽으로 물러섰다.

으으─. 신음을 내뱉으며 몸서리를 치는 노빈손. 그가 주워든 건 고사리 화석이 아니라 엄청 거대한 동물의 뼈다귀 화석이었던 것이다.

"저런 흉측한 게 나오다니."

노빈손은 놀란 가슴을 쓸어내리며 너럭바위 주변을 두리번거렸다. 동물의 뼈는 한두 개가 아니니까 근처에 또 다른 뼈다귀들이 있을지도 모른다고 생각했던 것이다. 아니나다를까, 너럭바위 주변엔 줄잡아 7~8개나 되는 화석들이 뒹굴고 있었다. 머리뼈, 턱뼈, 갈비뼈, 다리뼈, 골반뼈 등등.

"우와, 엄청 크네. 머리통이 거의 1m는 되겠는걸?"

그럼 몸집은 대체 얼마나 크다는 거야? 노빈손은 그 동물의 거대한 덩치를 상상하며 몇 번이나 혀를 내둘렀다. 녀석이 살아 있을 때 마주치지 않고 이렇게 화석이 된 뒤에 만난 게 천만다행이라는 생각이었다.

"대체 정체가 뭘까? 고사리 근처에서 발견된 걸 보면 고사리를 뜯어먹고 살던 놈일 텐데…… 앗?"

파파팟─. 아주 놀라운 생각 하나가 노빈손의 머리를 번개처럼 스치고 지나갔다. 고사리 같은 양치식물이 번성했던 시기는 2~3억 년 전. 그 무렵에 살았던 동물이라면? 그것도 이렇게 거대한 덩치를 지닌 동물이라면? 그건 바로…….

"공룡?!"

쿠쿵—. 이 놀랍고 황당하고 어처구니없고 신기한 결론.

노빈손이 발견한 뼈다귀의 주인은 다름 아닌 공룡이었던 것이다.

"정말 믿을 수 없는 일이야. 남극에 공룡이 살았다니."

노빈손은 계속해서 겪은 만화 같은 일들 앞에서 완전히 머리가 터질 지경이었다. 하지만 한편으로는 이런 놀라운 경험들이 아주 재미있게 느껴지기도 했다. 남극에 와서 공룡 뼈다귀를 발견하게 되리라고는 정말이지 꿈에도 상상하

지 못했으니까.

"펭귄 미라에 공룡 뼈다귀에, 이젠 또 뭐가 나타날까? 혹시 외계인 미라나 UFO 고철까지 발견하게 되는 거 아냐? 5억 년 전에 안드로메다 성운에서 날아왔던…… 으윽!"

쫑알거리던 노빈손이 신음을 내뱉으며 걸음을 멈췄다. 조금 전 돌에 찧은 발등에서 아주 묵직하고 얼얼한 통증이 느껴졌다. 살아있을 때나 죽은 뒤에나 공룡은 역시 위험한 동물임이 분명했다.

아찔한 화이트 아웃!

"헉헉―. 대체 얼마나 더 가야 되는 거야?"

노빈손이 고통스런 표정을 지으며 얼음 위에 털썩 주저앉았다. 그리고는 정면에 솟아 있는 높다란 산을 원망스러운 눈길로 바라보았다. 산을 향해 걷기 시작한 지 오늘로 벌써 1주일째. 하지만 기껏해야 2~3일이면 닿을 것 같던 그 산은 이상하게도 좀처럼 가까워지질 않았다.

"식량도 거의 다 떨어졌는데."

산을 처음 발견했을 때 썰매에는 겨우 열흘 분량의 식량이 남아 있었다. 스코트의 비극이 되풀이될지도 모르는 절

박한 상황에서 노빈손은 그 산에 마지막 희망을 걸었다. 만일 이번에도 산기슭에서 사람을 만나지 못한다면 더 이상의 행군은 도저히 불가능했다. 그 산은 노빈손의 운명을 판가름할 최후의 보루인 셈이었다.

그러나 희망은 도착도 하기 전에 이미 허물어지고 있었다. 산과의 실제 거리가 눈대중으로 짐작했던 것보다 몇 배나 더 멀었던 것이다. 며칠간 유난히 맑고 깨끗했던 공기가 거리 측정을 오히려 방해한 모양이었다.

"그래도 가는 데까지는 가 봐야지."

꿍차―. 노빈손이 힘겹게 다시 몸을 일으켰다. 남은 식량으로 버틸 수 있는 시간은 이제 딱 3일. 그 전에 산기슭에 도착하지 못하거나 도착해서도 별다른 성과가 없다면 남는 것은 오직 하나, 절망뿐이었다 .

하루 …… 또 하루.

사흘 중 이틀이 지나갔다. 산은 여전히 가까운 듯 멀리 있었다.

"앗! 찾았다!!"

벼락처럼 터져나온 기쁨의 함성!

노빈손의 눈이 야구공만큼 커지면서 얼굴이 새빨갛게 달아올랐다. 산봉우리의 왼쪽, 해가 절반쯤 걸려 있는 지평선 위로 야트막한 건물 대여섯 채가 또렷하게 모습을 드러냈

남극의 지하자원 ② 노다지 광산 '뒤펙 매시프'
서남극의 펜사콜라 산맥 일대에 걸쳐진 5만km² 넓이의 '뒤펙 매시프' 지역은 남극 최대의 금속 광산으로 주목을 받는 곳이다. 두께가 7km나 되는 반려암층(화산 마그마가 땅속에서 천천히 식으면서 만들어지는 바위층)으로 이루어진 이 지역엔 구리, 크롬, 니켈, 코발트, 이리듐, 백금, 타이타늄 등 백금 계통의 금속이 무궁무진하게 묻혀 있을 것으로 추측된다.

던 것이다.

"드디어 발견했어! 하나님, 신령님, 감사합니다."

노빈손은 미친 사람처럼 펄쩍펄쩍 뛰며 목놓아 소리를 질러댔다. 식량 창고일까? 아니면 어느 탐험대의 출발 기지일까? 사람이 있을까 없을까?

하지만 지금은 굳이 그런 걸 생각할 필요가 없었다. 어떻게든 거기까지만 가면 한숨을 돌리면서 새로운 희망을 찾아낼 수 있을 것이므로.

"이러고 있을 때가 아냐. 빨리 가야지."

노빈손은 허리에 걸고 있던 썰매 끈을 훌훌 벗어 던졌다. 물품이 거의 바닥난 상태라서 별로 무겁지도 않았지만 지금은 그것마저도 귀찮았다. 단 1초라도 빨리 가고 싶다는 생각이 머리 속을 꽉 채우고 있었다.

두두두두—.

노빈손의 스키가 바람처럼 빠른 속도로 얼음 위를 미끄러졌다.

그러나 잠시 후.

"아아앗!"

또다시 터져 나온 노빈손의 외침.

하지만 이번엔 느낌이 전혀 달랐다. 거기엔 조금 전 같은 기쁨이 아니라 반대로 까마득한 절망이 담겨 있었다.

"사, 사라져 버렸어, 모두 다."

노빈손은 제 눈 앞에서 벌어진 일을 도저히 믿을 수 없었다. 불과 몇 초 전까지만 해도 선명하게 보이던 건물들이 어느 새 거짓말처럼 사라져 버렸던 것이다. 텅 빈 지평선 위엔 붉은 저녁 노을만 길게 물들어 있을 뿐이었다.

있었는데. 분명히 저기에 있었는데……. 넋 나간 사람처럼 중얼거리며 멍하니 지평선을 바라보는 노빈손.

그가 본 것은 신기루였다.

산맥에 발이 달렸나?
공기가 차가운 극지에서는 신기루가 흔하게 발생하며, 대기의 상태가 변하면 똑같은 신기루가 몇백 킬로미터 떨어진 곳에서 목격되기도 한다. 북극 탐험가 피어리는 1909년에 '북극산맥'을 발견했다고 주장한 적이 있는데, 4년 뒤에 다른 탐험대가 확인한 산맥의 위치는 피어리가 주장한 장소에서 320km나 떨어져 있었다. 하지만 해가 지자 그 산맥마저 어디론가 사라져버렸다. 두 번 다 신기루였던 것.

산기슭에 가까스로 도착한 것은 다음날 아침이었다. 간밤에 노빈손은 남아 있던 몇 점의 고기와 한 덩어리의 기름으로 마지막 식사를 했다. 그리고 오늘 아침엔 더 이상 쓸모가 없어진 썰매를 미련 없이 얼음 위에 내팽개쳤다.

"이제 어떡하지? 그냥 무작정 걷다가 이대로 쓰러져야 하나? 말숙아, 나 어떡해? 엄마, 난 어떡하면 좋아요?"

노빈손은 아득한 심정으로 하늘을 올려다보았다. 오늘따라 유난히 새하얀 구름들이 하늘을 가득 뒤덮고 있었다. 동상으로 인해 엉망으로 부르튼 뺨 위로 눈물 몇 방울이 또르륵 흘러내렸다.

"산을 넘어가자."

눈물을 훔치면서 노빈손은 마지막 결정을 내렸다. 지금 같은 상황에서 계속 산자락을 따라가는 건 너무나 막연한 일이었다. 차라리 산을 넘어서 반대편으로 내려가면 뭔가

보이는 게 있을지도 몰랐다. 식량도 연료도 없이 맨몸으로 산을 넘는 것 역시 무모하긴 마찬가지였지만, 어차피 그것 말고는 다른 방법이 없었다.

한 발.

또 한 발.

가파른 산비탈의 빙하를 노빈손은 사력을 다해 거슬러 올랐다. 발 밑에 숨어 있을지도 모르는 크레바스를 피하느라 최대한 몸을 낮추고 걷던 노빈손이 잠시 허리를 펴고 가쁜 숨을 몰아쉬는 순간.

"으응?"

이상하다! 왜 갑자기 앞이 이렇게 뿌옇게 보이지? 피곤해서 그런가?

노빈손은 양손으로 눈을 부비면서 최대한 초점을 맞춰보려 했다. 하지만 한 번 흐려진 세상은 어떻게 해도 다시 밝아지지 않았다. 아아, 여기서 눈까지 멀어버리면 정말로 끝장인데……. 도리질을 치며 눈을 질끈 감았다가 다시 뜨는 노빈손.

"헉!"

사라져버렸다! 산도, 하늘도, 구름도, 심지어는 발 밑의 빙하까지도! 순식간에 온 세상이 아무런 형체도 없이 새하얀 빛 속으로 죄다 사라져버린 것이다. 마치 아무것도 없는 텅 빈 공간 속에 홀로 둥둥 떠 있는 듯한 공포스러운 느낌.

남극의 눈과 얼음과 빛이 함께 빚어내는 아찔한 '화이트 아
웃'이었다.

으아아아—.

노빈손의 울음 섞인 비명소리가 요란하게 터져 나왔다.

크레바스 속에서 돌아간 시계

"살려줘요! 흑흑, 제발 살려줘요."

노빈손은 애처롭게 울부짖으며 보이지 않는 허공 속으로
마구 걸음을 옮겼다. 모든 것이 완벽하게 사라진 상황에서
공포를 이겨낼 수 있는 유일한 방법은 그것뿐이었다. 땅이
꺼지지 않았다는 것을, 보이지는 않지만 세상은 여전히 존
재하고 있다는 것을 발이 땅에 닿는 감촉을 통해서 확인할
수 있었기 때문이다.

얼마쯤 걸었을까. 흐릿하게나마 세상이 다시 조금씩 보
이기 시작했다. 노빈손은 비로소 커다란 안도감을 느끼며
주위를 이리저리 둘러보았다. 산과 하늘과 구름이 여전히
그 자리에 있음을 확인하며 막 걸음을 멈추려는 순간.

뿌지직—.

불길한 소리와 함께 노빈손의 몸이 중심을 잃고 아래로

남극의 지하자원을 찾기 위
한 조사와 연구는 지금도 활
발하게 진행되고 있지만 본
격적인 개발과 채취는 이루
어지지 않고 있다. 기후 조
건이 너무 가혹해서 비용이
많이 드는 탓도 있지만 더
중요한 건 환경보호 때문.
남극을 마구 파헤쳐서 환경
을 망가뜨리느니 차라리 그
대로 두자는 견해가 국제적
으로 설득력을 얻고 있는 것
이다. 그 결과가 바로 1991
년에 만들어진 〈남극환경보
호 의정서〉.

떨어져 내리기 시작했다.

"아악—."

아뿔싸! 그곳은 거대한 크레바스였다. 방금 노빈손이 멈
춘 바로 그 자리가 하필이면 눈으로 가려진 크레바스의 입

구였던 것이다. 공포와 흥분으로 인해 그만 발 밑을 제대로 살피지 않았던 것이 화근이었다.

으아아아아아━.

비명 소리가 음산한 메아리와 함께 크레바스 속의 어둠을 뒤흔들었다. 아득하게 꺼져 가는 노빈손의 의식 속으로 엄마와 말숙이의 얼굴이 섬광처럼 떠올랐다.

아아, 이제 정말 끝이로구나…… 어지러워…… 배가 고파…… 김치랑 된장찌개가 먹고 싶어…….

이 생각을 마지막으로, 노빈손은 완전히 의식을 잃고 말았다.

슈우우웃━.

저승처럼 어두운 크레바스 속으로 추락하는 노빈손. 이제 1초 후면 '쿵!' 소리와 함께 바닥에 부딪치게 되는 절체절명의 순간!

어둠 속에서 아주 작은 소리가 짧게 들려왔다.

끼리릭━.

1초가 지났다.

그러나 저 밑에서는 아무런 소리도 들려오지 않았다.

노빈손과 함께 떨어지던 작은 눈가루들이 바닥으로 소리 없이 내려앉을 뿐이었다.

남극조약 발효 30주년을 맞아 1991년 10월에 스페인의 마드리드에서 열린 '제11차 남극조약 협의 당사국 특별회의'에서 발표된 〈남극환경보호 의정서〉는 남극을 보호하자는 세계의 여론을 잘 반영하고 있다. 앞으로 50년 동안은 그 어떤 나라도 남극의 지하자원을 개발할 수 없다고 확실하게 못을 박은 것. 하지만 50년 뒤엔 남극의 운명이 또 어떻게 바뀔지 지금은 아무도 모른다.

6

아아! 저 깃발은

간질간질―.

이상하게 코끝이 자꾸만 간지러웠다.

으음…… 뭐야, 또 지난번처럼 갈매기가 코딱지를 훔쳐 먹으려는 건가? 노빈손은 얼굴을 찡그리며 고개를 좌우로 몇 번 흔들었다. 그리고는 홍! 하고 콧바람을 불어서 그 지 저분한 불청객을 쫓으려 했다.

가만! 난 이미 돌아가셨잖아. 분명히 크레바스 밑으로 떨어졌는데? 그럼 여긴 하늘나라? 근데 하늘나라에도 도 둑갈매기가 있나? 그럴 리가 없는데.

노빈손은 조심스레 눈을 뜨고 주위를 힐끔거렸다. 여기

가 정말로 하늘나라인지 확인하기 위해서. 하지만 아무리 봐도 하늘나라 같지는 않았다. 파란 하늘, 하얀 얼음, 그리고 바로 옆에서 입맛을 다시며 뭔가를 노리고 있는 펭귄 한 마리. 여기는 의심할 여지가 없는 지구, 그 중에서도 남극이었던 것이다.

"그럼 내가 살아 있나?"

그것 역시 이상하긴 마찬가지였다. 어떻게 그 상황에서 살아날 수가 있지? 크레바스에서는 누가 꺼내 준 거야? 그러고 보니까 아픈 데도 없이 몸이 멀쩡하네? 이게 대체 어떻게 된 상황이람?

"혹시 저 펭귄이?"

말도 안 되지. 어떻게 펭귄이 날 구해 줘? 제 몸 하나도 제대로 날아다니지 못하는 녀석이 나를 태우고 날아올랐을 리도 없고. 그렇다면 또 시계가? 하지만 이번엔 잠이 들지도 않았고 별다른 소원을 빌지도 않았는데?

노빈손은 혹시나 하는 얼굴로 시계를 들여다보았다. 바늘이 지난번보다 더 오른쪽으로 돌아가 있는 게 보였다. 크레바스 바닥에 닿기 직전에 바늘이 움직이면서 자기를 이리로 옮겨온 게 틀림없었다. 그렇지만 녀석이 왜 전에 없이 제 맘대로 시간여행을 시켰는지는 여전히 아리송한 상태였다.

"그동안 정이 들어서 그냥 한 번 구해준 건가?"

아무튼 고맙지 뭐……. 노빈손은 빙긋 웃으며 시계를 한 번 쓰다듬어준 다음 자리에서 재빨리 일어섰다. 위기는 무사히 넘겼지만 여기는 여전히 추운 남극이었고, 식량과 연료 역시 바닥난 상태 그대로였다. 빨리 이 상황을 극복하지 못하면 기껏 크레바스에서 탈출해 놓고 또다시 불쌍한 신세가 될 수도 있는 것이다.

"흠, 이제 보니 바닷가였군."

노빈손이 누워 있던 곳은 바다가 내려다보이는 야트막한 언덕이었다. 저 밑에서는 에메랄드처럼 짙푸른 바다가 한가로이 넘실대고 있었다.

코끼리 해표라도 한 마리 잡아서 처음부터 다시 시작하라는 건가……. 입을 달싹거리며 고개를 돌리던 노빈손이 갑자기 눈을 부릅뜨면서 큰 소리로 부르짖었다.

"집이다!!"

햇살이 평화롭게 내리쬐는 평평한 바닷가. 거기에 있는 건 분명히 집이었다. 가로로 길게 지은 주황색 건물 10여 채가 작은 마을을 이루며 옹기종기 늘어서 있었다. 어느 시대 어느 나라인지는 모르지만 꽤 많은 사람들이 머물고 있는 대규모 기지인 게 분명했다.

"설마 또 신기루인 건 아니겠지?"

노빈손은 몇 번이나 눈을 감았다가 뜨면서 눈앞의 풍경이 사라지는지 확인했다. 하지만 아무리 보고 또 봐도 건물들은 여전히 그 자리에 있었다. 그래도 혹시나 싶어서 허벅

남극해의 고래 역시 위기를 겪은 대표적인 동물들 중 하나. 북극의 고래잡이들이 남극으로 대거 내려오면서 시작된 남극 고래들의 수난은 1904년에 고래 처리 공장이 남극 근처에 들어서면서 절정에 이른다. 다행히 1946년에 고래 보호를 위한 '국제 포경협약'이 맺어졌고, 1986년부터는 아예 남극에 서건 어디서건 고래를 한 마리도 잡지 않기로 전세계가 약속을 했다. 하지만 덩치가 큰 대왕고래와 향유고래 등은 아직도 멸종 위기를 벗어나지 못한 상태.

지를 세게 꼬집어보았다. 다리 전체로 느껴지는 상쾌한 통증! 꼬집히고도 이렇게 기분이 좋은 건 정말이지 난생 처음이었다.

다다다다—.

노빈손은 쏜살처럼 빠르게 언덕 밑으로 내달렸다.

어느 나라 기지일까? 노르웨이? 영국? 아니면 미국? 아무려면 어때! 사람만 있으면 되는 거지……. 얼음에서 연기가 날 정도로 열심히 뛰어가던 노빈손이 갑자기 온몸을 부르르 떨며 그 자리에 멈춰 섰다. 이어서 터져 나온 감격의 부르짖음!

"오오! 저건……."

그의 눈길이 머문 곳. 기지의 지붕 위에서 펄럭이는 낯익은 깃발.

그건 바로…… 세상에서 제일 아름다운 국기, 대한민국의 태극기였다.

남극 속의 한국! 세종 기지

"김 박사, 저 친구 누구야?"

“글쎄? 나도 처음 보는데?”

“어머, 엄청 지저분하고 이상하게 생겼네요. 어느 나라 사람이지?”

창 밖을 내다보고 있던 남녀 대원들이 수군거리며 밖으로 나왔다. 웬 수상쩍은 사람 하나가 구멍 뚫린 털모자를 손에 들고 기지 쪽으로 걸어오고 있었다. 닳아서 누더기가 된 외투, 땟국물이 흐르는 얼굴, 그리고 얼음처럼 반들거리는 머리. 각설이도 울고 갈 그 괴상한 모습의 주인공은 물론 노빈손이었다.

“아무래도 수상해. 우리의 과학 정보를 훔치러 온 스파이 같아.”

“이 박사, 태권도 잘 하지? 여차하면 이단 옆차기로 제압해.”

“안 되겠다 싶으면 제가 꼬집어 뜯을게요.”

“박치기 공격을 조심해. 머리가 엄청 단단해 보여.”

이윽고 노빈손이 기지 앞에 도착했다. 대원들은 비장한 눈빛으로 서로를 쳐다보며 고개를 끄덕인 다음 우루루 밖으로 뛰어나갔다. 그리고는 재빨리 흩어지며 노빈손을 사방에서 포위했다.

오잉? 왜 이러지? 헹가래라도 쳐주려고 그러나? 노빈손이 의아한 얼굴로 조심스럽게 물었다.

“저어, 말씀 좀 묻겠습니다.”

지구 온난화가 불러올 또 하나의 재앙은 남극의 얼음이 녹으면서 바닷물 수위가 높아지는 것. 남극의 얼음이 다 녹으면 바다는 지금보다 60~70m 높아지며, 1m만 높아지더라도 많은 나라들이 바다 속에 잠기게 된다. 지구가 지금 추세로 계속 더워질 경우 바다가 1m 높아지는 데 걸리는 시간은 겨우 100년. 현재 전세계는 1987년의 '몬트리올 협약'에 따라 공해 물질을 점점 줄여 나가고 있다. 에어컨 1분 덜 쐬는 게 지구를 그만큼 살리는 길이다.

허걱! 한국말을 하다니. 그럼 한국인이란 말야? 경악하는 대원들.

"여기가 뭐하는 곳인가요?"

맙소사! 그걸 질문이라고 하다니…… 황당해하는 대원들 틈에서 한 사람이 말했다.

"남극의 생태와 지질과 환경을 연구하는 곳이오."

연구? 탐험이 아니라? 그럼 그리 먼 과거는 아니겠네? 다시금 설레이는 노빈손.

"기지 이름이 뭔데요?"

"세종 기지."

두둥—. 세종 기지! 1988년에 킹 조지 섬에 세워진 대한민국의 남극 기지. 그렇다면 꽤 최근까지 온 셈이로구나……. 맥박이 점점 더 빨라지는 걸 느끼며, 노빈손은 가장 중요한 질문을 조심스레 던졌다.

"근데 지금이 언제죠?"

어이구, 점점…… 멍해지는 대원들.

"언제라니? 지금은 지금이잖소."

"그게 아니라, 날짜 말이에요. 몇 년 몇 월 며칠인지 좀……."

쯧쯧. 아무래도 정상이 아니로군! 조금씩 가엾어하는 대원들.

"서기 2003년 3월 6일이오."

쿵!

2003년!!

새클턴이 헤매던 1914년도 아니고 아문센이 활약하던 1911년도 아닌, 그리고 스코트가 죽어간 1912년도 아닌, 노빈손이 원래 있어야 할 시대. 서기 2003년!!

노빈손은 드디어 꿈에도 그리던 자기의 시간으로 돌아온 것이다. 남극에서 겪었던 일들은 이제 예전의 모험들과 더불어 멋지고 아름다운 추억으로 영원히 남게 될 것이었다.

털썩―.

노빈손은 온몸의 맥이 탁 풀리는 걸 느끼며 힘없이 땅바닥에 주저앉았다. 아무런 말도, 그리고 아무런 생각도 머리 속에 떠오르지 않았다. 단지 주체할 수 없는 기쁨과 감동만이 가슴을 꽉 채우고 있을 뿐. 눈물이 그렁그렁한 눈으로 바보처럼 히죽거리는 노빈손에게 한 대원이 조심스럽게 물었다.

"나도 하나 물어봐도 되겠소?"

"네? 네에……."

"어쩌다 그렇게 됐소?"

"뭐가요?"

"젊은 사람이 왜 그렇게 됐느냐구. 혹시 이름이나 주소는 기억나우?"

이제 보니 나를……. 노빈손은 억울한 표정을 지으며 뭔

가 대답하려 했다. 하지만 그보다 먼저 들려온 어느 대원의 말이 노빈손의 입을 꽉 막아버렸다.

"불쌍한데 그냥 밥이나 먹입시다."

아구아구—.

쩝쩝— 후루룩.

노빈손은 식탁 위에 차려진 음식들을 게눈 감추듯 순식간에 먹어치웠다. 대체 얼마만에 먹어보는 김치와 된장찌개인가. 비릿하고 느끼한 펭귄이나 해표 고기 따위와는 비교도 할 수 없는 매콤하고 구수한 맛. 겨우 밥 여섯 공기에 벌써부터 부글거리는 자기의 작은 위장이 한없이 원망스러울 따름이었다.

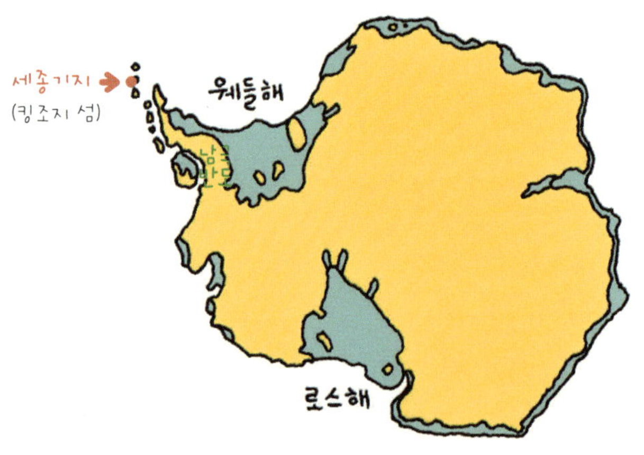

〈 세종 기지의 위치 〉

"시계 녀석, 속은 좀 썩였지만 그래도 기특한 데가 있어. 그 짧은 순간에 내 마음을 번개같이 알아차리다니."

하지만 더 기특한 건 자기 자신이었다. 추락하던 그 마지막 순간에 김치와 된장찌개를 떠올리지 않았다면 그대로 모든 게 끝장나버렸을 테니까. 생사의 갈림길에서조차 식사 메뉴를 궁리하는 황당한 노빈손.

달그락― 닥닥―.

일곱 개째 밥그릇이 바닥을 드러냈다. 노빈손이 고개를 번쩍 들며 큰 소리로 외쳤다.

"여기 공기밥 하나 추가요!"

정말로 세종 기지에도 쌀밥과 된장찌개가 있을까? 당연히 있다. 그뿐 아니라 김치와 깍두기와 각종 나물들도 있고, 심지어는 라면과 소주도 있다. 모든 음식과 생활필수품들은 한국에서 직접 운반되며, 냉동할 수 없는 신선한 과일이나 야채 등만 가까운 남미 대륙에서 사다 먹는다. 명절이 되면 시루떡과 수정과, 만두 같은 음식들도 만들어 먹는다고 한다. 대원들의 수는 15명 안팎.

여기는 대한민국의 하늘입니다

"잘 가게, 빈손."

"부디 빨리 제정신 차리고."

김 박사와 이 박사가 걱정스러운 얼굴로 노빈손의 어깨를 툭툭 두드렸다. 다른 대원들 역시 무척 안쓰럽다는 듯한 표정을 지으며 노빈손을 배웅했다. 여기는 킹 조지 섬의 비행장. 멋진 은빛 비행기 한 대가 활주로에서 승객들을 기다리고 있었다.

우리 나라에서 최초로 남극점 탐험에 성공한 사람은 세계적 탐험가인 허영호 대장이다. 그가 남극점에 자랑스런 태극기를 꽂은 것은 1994년 1월 11일. 베이스캠프(남위 80도 19분, 서경 80도 15분)를 출발한 지 44일 만의 쾌거였다. 허 대장은 도중에 물자 공급도 받지 않고 개썰매나 설상차도 없이 오직 스키만 타고 이동했으면서도 한 해 전에 똑같은 코스로 탐험했던 일본 탐험대보다 23일이나 빨리 도착하는 초인적 능력을 과시하여 세계를 놀라게 했다.

"박사님, 전 멀쩡하다니까요."

"알아, 알아. 그러니까 제발 정신 좀 차려."

"글쎄 저는……."

"안다니까!"

김 박사가 손을 휘휘 내저으며 노빈손의 말을 막았다. 타임머신이니 뭐니 황당한 얘기를 잔뜩 늘어놓는 녀석이 멀쩡하긴 뭐가 멀쩡하냐는 듯한 얼굴이었다. 그러자 이번엔 이 박사가 아주 미안한 표정으로 입을 열었다.

"우리가 자네를 이렇게 빨리 보내는 건 치료 때문이기도 하지만, 꼭 그것만은 아니라네. 정신 요양을 하기엔 남극도 꽤 좋은 곳이거든."

"그런데요?"

"문제는 식량이야. 자네를 데리고 있다간 기지의 쌀독이 도무지 남아나질 않을 거 같아서……. 여기가 무슨 다이어트 센터도 아니고, 이 추운 곳에서 배까지 곯아가며 연구를 할 수는 없지 않겠나?"

"……."

"아무튼, 한국에 가거든 꼭 편지하게. 이메일 주소는 적었지?"

"네."

"근데, 혹시 컴퓨터가 뭔지는 아니?"

으아! 정말……. 노빈손은 답답해 죽겠다는 듯 얼굴을

찡그리며 주먹으로 가슴을 쾅쾅 두드렸다. 김 박사가 재빨리 이 박사의 입을 막으며 편잔하듯 속삭였다.

"성질 건드리지 말랬잖아."

드르르륵—.

승강장으로 들어가는 문이 천천히 열리기 시작했다.

사흘 뒤.

노빈손은 한국으로 가는 비행기 안에 있었다. 킹 조지 섬에서 칠레를 거쳐 뉴욕까지 총 20여 시간의 비행을 거쳐 마침내 한국행 비행기를 탄 것이었다. 앞으로도 열몇 시간을 더 날아가야 하지만 그리운 가족들과 말숙이를 만날 생각을 하면 그 정도 지루함은 얼마든지 견딜 수 있었다.

드디어 가는구나, 그리운 우리 나라로! 다들 보고 싶다. 지금쯤 어떻게들 변해 있을까?

말숙이는 내 애길 믿을까? 지금껏 겪었던 애기들을 들려 주면 뭐라고 할까? 아마 5분도 안 듣고 주먹부터 휘두를 거야. 왜 잘난 척하느냐고. 고 기집애는 아마존이 뭔지도 모르고 버뮤다가 어딘지도 모르거든. 어쩌면 남극도 모를 걸? 프랑스랑 불란서가 서로 다른 나라라고 우기는 애가 오죽하겠어? 흐흐흐흐—.

히프미테랑 아마존 친구들은 잘 있을까? 싸우리우스도

지금쯤은 동족들과 평화롭게 살고 있겠지? 말리쟈의 영혼도 안녕할 테고. 아참, 그미지롱 노인에겐 지금도 미안해. 작별 인사도 못하고 남극으로 떠나버렸으니. 그래도 왕 노릇 할 때는 기분이 괜찮았는데.

모질라네, 그리고 날라리야. 날 너무 원망하지 마. 사랑이란 원래 쉽지 않은 법이야. 특히 나 같은 킹카를 사랑하는 건 더욱 더. 그래도 너희들이 아니었으면 난 훨씬 더 고생을 많이 했을 거야. 절대로 잊지 않고 늘 기억할게.

섀클턴, 당신의 용기를 영원히 잊지 않을게요. 아문센, 당신의 위대함도. 그리고 마지막까지 최선을 다했던 스코트의 영웅담도. 아, 물론 시계! 너도 못 잊지. 비록 다시는 네 모습을 볼 수 없겠지만.

노빈손은 자기 목을 가만히 쓰다듬었다. 시계가 걸려 있던 그 자리에 지금은 아무것도 걸려 있지 않았다. 더 이상의 시간 여행이 필요 없어진 노빈손이 세종 기지에서의 마지막 밤에 녀석을 떠나 보냈기 때문이다. 남극의 푸른 바다 밑으로 가라앉은 그 시계는 어쩌면 해류를 타고 제 원래 주인인 싸우리우스에게 돌아갈지도 몰랐다.

그리운 얼굴들을 하나하나 떠올리다가 말고, 노빈손은 스르르 잠이 들었다. 이젠 깨어난 뒤에도 여기가 어딘지 가슴 졸이며 확인할 필요가 없겠지. 시간은 오직 앞으로만 흐를 것이니까. 지금까지의 모든 모험담을 소중하게 기억하

면서, 앞으로도 멋지게 사는 거야. 왜냐구? 난 원래 멋진
녀석이니까.

줄줄―.

입가에 고인 침이 작은 폭포처럼 바닥으로 떨어져 내렸
다. 발 밑에 흥건하게 연못 하나가 생겨났을 무렵, 노빈손
은 스피커를 통해 흘러나오는 기장의 안내방송 소리를 들
었다.

"승객 여러분! 여기는 대한민국의 하늘입니다."

우우우우웅―.

비행기가 크게 원을 그리며 고도를 조금씩 낮추기 시작
했다.